KB020395

우리는 바다로 간다

우리는 바다로 간다

여성 멘토들의 리더십 이야기

서여리강
서울대 여성 동문 리더십 강연

사회평론

우리는 바다로 간다

때때로 대학 본부로부터 '서울대 여성 졸업자 중 자랑스런 졸업생으로 추천할 만한 분이 누구냐'고 하는 문의를 받곤 한다. 우리는 강금실(전법무부장관, 변호사), 김영란(전대법관), 이태영(우리나라 최초 여성 법률가) 선생 등의 이름을 말하다가 거기서 자랑스런 여성 졸업생 리스트가 멈추곤 하였다. 이 분들은 모두 힘 없는 사람 편에 서서, 여성으로서 미답(未踏)의 길을 걸었던 훌륭한 분들임에는 더 말할 나위가 없을 것이다. 하지만, 이 이상의 본보기가 될만한 서울대 여성 동문의 이름이 쉽게 떠오르지 않는 것은 다소 의아한 일이다.

기실 남성이 지배적인 서울대학교에서 '여성 구성원'에 대한 상(像)은 그리 명확하지 않다. 서울대학의 안과 밖에서 서울대 남성 동문에 비해 여성 동문들의 활약에 대한 인식과 지지가 강하지 않은 것으로 보인다. 서울대를 졸업한 여성들 사이에서는 강의 휴식 시간 동안 여자 화장실을 찾기 힘들어서 이리저리 뛰어다녀야 했던 이야기는 비일비재하고 그것도 아주 오래전의 일이 아니다. '서울대 관악 캠퍼스의 건물들은 남성 학생을 예정하고 지어졌구나'라고 체험(體驗)하게 하는 비교육적 공간이라 하겠다. 그런가 하면, 취직을 해서도 자신이 '서울대 출신'이라는 것을 감추었다는 동문 여성들의 이야기를 심심치 않게 듣는다. 너무 튀어 보일까, 그래서 밉보일까 하여 드러내지 못하는 경력이라는 것이다. 여성은 '적절히' 우수해야 한다는 규범에는 남성을 능가하지 않는 혹은 않아야 하는 여성에 대한 통념이 들어있다고 보인다. 그렇다고 대부분의 서울대 여성 동문들이 사회적 통념을 무시할 만큼 자신이 매우 우수하다는 자긍심을 가지고 있는 것도 아닌 것 같다. 자신의 '우수함'을 검증받고 격려를 받으려면 그에 걸맞은 커뮤니티가 필요할 것인데 그런 커뮤니티 속에서 살아오지 않았기 때문이다. 서울대 내의 많은 과에서 혹은 단대에서 소수자가 되어 이리 치이고 저리 치이면서 '어정쩡한 엘리트'로 살아온 것이 서울대 여성 동문의 일반적인 자화상이라는 생각은 그저 필자의 좁은 경험과 식견에 불과하기를 바란다.

한국사회가 지연과 학연, 인척 등의 관계에 더하여 서로 밀고

당겨주는 '연고사회'라는 사회과학의 진단은 넘쳐난다. 서로의 허물을 덮어주고 으쌰 으쌰 하면서 나를 보호하기 위해 편을 만드는 사회, 거기에 동문이라는 것은 얼마나 편리한 신분이 되어왔나. 물론 명문 (남자) 고교의 네트웍이나 다른 대학의 네트웍에 비해 서울대 동문 네트웍이 보다 더 끈적한 동문의식을 가졌는지는 의문이지만 여성인 서울대인이 서로 밀어주고 끌어주었다는 네트웍 속에 있었다는 경험담은 눈 씻고 씻을래야 찾기가 어렵다. 그럼에도 불구하고, 자기 자리에서 '일당 백'을 하면서 각개격파 하면서 자신만의 길을 닦고 있는 여성 동문들의 빛남을 보지 않기는 어려운 일이었다. 서울대 여성연구소 소장을 맡았던 필자는 이런 여성들을 발굴하고 그녀들의 목소리를 현재의 서울대의 여성과 남성 구성원들에게 들리게 만들고 싶었다. 여성 동문의 삶과 활동의 이야기를 현재의 서울인들과 링크함으로써 졸업생과 현재 구성원 모두 격려받고, 지혜를 나누어서 다시 삶을 개척할 힘을 얻게 하고 싶었다. 이 '여성의' 네트웍이 폐쇄적인 동창조직이 아니라 새로운 종류의 '공론장'을 형성할 수 있기를 희망하였다. '서여리강(서울대 여성 동문 리더십 강연)'은 이렇게 시작되었다.

리더의 정의는 다양하겠으나 어떤 조직(혹은 조직의 단위들)이나 공동체를 이끄는 사람이 될 것이다. 또는 그 사람의 리더십이 그 조직과 공동체에 방향성을 제시하고 영감을 주는 이가 아닌가 싶다. 전자가 형식적 의미의 리더라면, 후자는 실질적 의미의 리더라 할 수 있다. 후자에 따르면, 그녀가 조직에서 나의 후배나 부하라고 해도 그녀는 나의 '리더'가 될 수 있을 것이다. 이런 이를 보고 우리는 '멘토'라고도 부를 것이다. 리더이든 멘토이든 중요한 것은 그녀들을 찾고 발견하는 것이라고 서여리강팀은 인식하였다. 우리는 이미 저명한 리더, 정치적으로 탁월한 리더들보다는 상대적으로 덜 알려진 사람, 새로운 분야를 개척하고 또 새로운 방식으로 일을 하는 숨겨져 있는 리더를 찾고자 하였다. 물론 이 책에서 소개하는 분(연사들) 중에는 이미 저명한 리더들도 많이 계신다.

하지만 연사들을 초대했던 기준은 그분들의 저명함보다는 새롭게 일하고, 새롭게 영역을 개척한 방식에 주목했고 거기에 '젠더 인지적 시각'까지 고려하였다고 말할 수 있다. 그리고 강연의 내용은 천편일률적이기 보다는 자신들이 개척해온 삶과 고난에 대해 자연스럽게 이야기를 풀어놓도록 하였다. 이 책에서 각 연사들의 말하기 방식이나 그 내용에 있어 다양성이 많다는 것을 독자들은 곧 발견할 수 있을 것이다. 심지어 연사에 따라 사회 속에서 여성들이 위치와 상징에 대해 서로 다른 메시지를 전하는 경우도 있었다. 우리는 '서여리강'의 초반부에 조화꽃으로 만든 화관을 모든 참석자에게 주면서 스스로 머리에 쓰고 진행하였는데, 어떤 연사는 '꽃이 아니어서 좋아라'라는 강연을 하여 화제가 되기도 하였다. 우리는 이것이 서로 충돌하는 메시지가 아니라 연결되는 메시지라고 보았다.

우리가 화관을 머리에 쓴 이유는 우리 자신과 자신의 삶을 축하하려는 의미를 가진다. 여러 과제 속에서 늘 어금니를 꽉 물고 지금까지 치열하게 살아왔을 것으로 짐작되는 '서여리강'의 참석자들에게 이 자리에 있을 수 있음을 축하하고 앞으로도 그런 기쁨을 가지고 살아갔으면 하는 상징으로 꽃을 썼던 것이다. 이는 우리가 우리 자신에게 주는 꽃이었다. '꽃이 아니기를 바라는' 그 꽃이란 아마도 꽃꽂이 속의 꽃일 것이고, 다른 이가 나를 규정하는 방식이었을 것이다. 우리는 다른 이에 의해 꽃으로 규정당하는 것을 거부하면서도 꽃이 없는 무미한 삶을 살고 싶지도 않(았)다.

꽃 이야기가 나와서 말이지만, '서여리강' 팀은 다소 무미한 서울대 캠퍼스에 문화적 물결을 불러일으키고 싶었다. 매 강연의 시작과 끝에 다양한 음악(한국음악, 외국음악, 팝송과 운동가요 등등)을 틀었고, 조명으로 분위기를 조성하고자 하였다. 서여리강이 주로 열렸던 인문대 두산관 지하 강의실은 본래 공연을 예상이라고 하였을 법한 멋진 극장과 같은 장소여서 일찌감치 우리 강연의 장소로 마음에 두고 있었으나, 우리가 강연을 시작하던 2018년 3월까지 강연장에 있던 각종 특수 음향시설과 조명시설을 이용한 사람들은 거의 없었다고 하였다. 하여, 많은 기기들이 사용하기 어려워지거나 혹은 아예 조명시설을 다른 장소로 떼어졌다는 사실을 발견해야 했다. 학점 경쟁과 진로 고민으로 문화적인 영토로서의 캠퍼스는 척박해지고 있는 것이 '서여리강'이 계속되어야 하는 또 다른 이유가 아닐까 한다.

서여리강은 2018년 3월에 시작하여 12월까지 모두 7회 진행되었다. 수강자들은 교내외의 학부 학생, 대학원 학생, 연구원, 교수 등이었고 성별은 여성이 다수였지만 여성에 한정되지는 않았다. 강연이 끝나고 나면 여러 질문들이 이어졌고, 서울대에서 또 한국사회에서 여성으로 산다는 것의 고단함과 딜레마에 대해 많은 질문들이 쏟아졌고, 강연장 밖에서는 '포스트-잇'으로 질문과 함께 강연 소감을 빼곡히 남기기도 하였는데, 이 책자에 다 담을 수 없는 것이 안타까울 뿐이다. 서여리강팀이 기대했던 것은 더욱 더 풍성하고 촉촉하고 다채로운 '문화행사'였지만, 첫 해의 서여리강의 결과물을 이 정도로 마무리하여 독자들과 나누고자 한다.

이제, 서여리강 '팀'에 대해 소개하려고 한다. 서여리강의 홍보물에 쓰일 디자인을 담당한 학생 전문가, 음향과 조명을 담당할 학생 전문가를 구했고, 서여리강의 연사를 초청하고 사회를 보며, 이후 책을 편집할 서여리강 연구팀을 구성하였다. 이 자리를 빌어서 함께 해 주신 권오남 교수님(서울대 수학교육과 교수, 현재 서울대 여성연구소 소장), 홍찬숙 박사님(여성연구소 연구원), 학생 전문가로 참여한 손혜진 님(디자인 담당), 김현진 님(조명, 음향 담당)에게 감사의 마음을 보낸다. 또한, 서여리강 강연 행사의 시작부터 이 단행본의 편집과 출간까지 모든 과정에서 수고를 아끼지 않은 고윤경 님(서울대 여성연구소 조교)에게도 깊이 감사드린다. 말할 나위도 없이, 사회평론의 관계자들도 많이 힘써 주셨다. 대학의 연구소 책자의 출간을 흔쾌히 수용하신 윤철호 사장님에게 감사드린다.

그리고 '서여리강'에 대한 서울대 본부의 신뢰와 지원에 대해서도 언급하지 않을 수 없다. 서울대의 지원이 없었다면 서울대 여성 동문이라는 '외로운 엘리트'들에게 빛을 조명해 주고 서로 축하하는 자리를 마련하기는 어려웠을 것이다. 하지만, 서울대 여성 동문들이 때로는 '아우성'을 만들어내고 때로는 많은 사람들을 유익하게 하는 '효소'처럼 살아왔다는 것을 발견하고 널리 알리는 노력은 이제 겨우 시작되었을 뿐이다. 그녀들이 서울대와 한국사회, 나아가 자라나는 세대들에게 자신을 비춰볼 수 있는 '거울'이라고 인식한다면, 서울대는 '서여리강'에 강한 지원을 계속해야 할 것이다. 앞서 서여리강은 동문 네트웍이 아니라 '새로운 공론장'이 되기를 바란다고 하였는데, 이 단행본의 출간 역시 우리 강연에 직접 참석하지 못했던 많은 분들과 함께 공론장을 만들고자 하는 손짓으로 읽어주셨으면 한다. 거기에는 이제 동문의 표지(레테르)도 여성과 남성이라는 젠더의 분류도 없이 그저 뜻을 같이하는 모든 분들이 참석하였으면 한다. 머리에 꽃관을 쓰건 혹은 집어 던지건 간에 말이다.

마지막으로 그리고 가장 중요하게 이 책의 내용을 만들어 주신 연사들- 정연순 변호사, 김진애 건축가, 이진순 박사, 허윤정 교수, 유여원 이사, 윤인숙 선생 모두에게 감사드린다. 연사들은 변호사로서, 건축가이자 전 국회의원으로서, 혹은 온라인 사회 공간 운동가로서, 글로벌 국악인으로서, 혹은 협동조합의 경영인으로서, 대안 농업의 리더로서 다양한 장소에서 다양한 역할을 하고 있었다. 그녀들은 이렇게 '누구'라는 제한적인 표지가 어울리지 않을 정도로 여러 역할들을 교차적으로 행해 온 연사들 혹은 전사들이었다고 생각한다. 자신이 놓인 곳에서, 다시 자신을 놓아둘 곳을 끊임없이 찾아가는 그들의 모습에서 우리는 그들의 리더십을 보았다. 이제 독자들이 그 모습을 발견하고 목소리를 들을 차례다. 서여리강팀은 이 책에 다 담지 못한 리더십과 멘토십을 찾아서 '서여리강'의 항해가 계속될 수 있기를 바란다. 바다에 닿을 때까지 말이다.

2020.10 편집자들을 대표하여 양현아
(서울대 법학전문대학원 교수, 전 서울대 여성연구소 소장)

차례

여성 리더십을
찾아서

정연순

정연순 | 변호사, 전 민주사회를 위한 변호사 모임 회장

강연자 정연순은 1985년 서울대학교 법과대학에 입학해 1991년 사법시험에 합격했다. 1994년 변호사 업무를 시작하는 것과 동시에 '민주사회를 위한 변호사 모임'에 가입, 회원으로 활동해 왔으며 그 안에서 여성인권위원회를 조직하고 동 위원회 위원장, 민변 사무총장 등을 역임했다. 2016년 회장에 당선되었는데, 여성이 당선된 것은 민변 창립 최초다. 2001년 국가인권위원회의 설립과 시행령 제정 작업에도 참여했다. 2006년에는 국가인권위원회에 신설된 차별시정본부의 본부장으로 취임해 차별금지법안 제정과 각종 성희롱 진정 사건의 처리 업무를 수행했다.

진정한 리더십이란

반갑습니다. 초대해주셔서 감사드립니다. 저는 1985년에 법대에 입학했습니다. 1994년부터 변호사로 일했고, 2017년부터 민주사회를 위한 변호사 모임(이하 민변)의 회장으로 일하고 있습니다.

민변에 대해 아는 분도 있고 모르는 분도 있을 텐데요. 민변은 1988년 6월 항쟁 후에 설립된 변호사 단체입니다. 주로 우리 사회의 인권과 민주주의의 증진을 위해서 변론, 입법, 정책 입안, 의견 제안 등의 활동을 하고 있습니다. 회원은 1,200명 정도 되는데, 저는 민변 30년 역사에서 최초로 여성 회장으로 당선되었습니다. 그러다 보니 비교적 보수적인 법조계에서 회원 수가 적지 않은 변호사 조직을 이끄는, 최초의 여성 리더라는 이유로 서울대 여성동문 리더십 강연에 초대된 게 아닐까 짐작해봅니다. 솔직히 고백하자면 아주 대단한 역할을 하지는 않습니다. 민변은 회원들의 자발적인 참여도가 매우 높습니다. 회장은 뒤에서 챙겨주고 책임지는 조력자 정도 역할인데, 뭔가 리더십에 조예가 깊은 사람인 양 초대되어 좀 쑥스럽습니다.

사실 이 자리에 초대받았을 때 거절할까 잠시 고민했습니다. 제가 세간에서 성공한 사람의 표본처럼 후배 여러분에게 뭔가 아는 체하며 말하는 게 과연 도움이 될까, 의심이 들었거든요.

흔히 리더를 성공한 사람이나 출세한 사람 혹은 명망가로 대치하는 경향이 있습니다. 제 고민은 바로 그러한 인식에 대한 불편함에서 출발했습니다. '리더라는 게 결국 극소수 사람들이 차지하는 자리가 아닐까? 그러면 다수의 사람들은 뭔가?'라는 질문으로 이어졌으니까요. 모두가 리더가 될 수 없는 현실에서 내가 그 제한된 소수의 사람에 낄 수 있는가 하는 문제는 경쟁을 전제로 하는 이야기가 아닐까 하는 의문이 들었기 때문입니다. 여러분도 그런 불편한 감정을 느꼈을지 모르는데, 이렇게 귀한 시간을 내주셔서 감사드립니다.

세간에서는 리더를 성공한 사람이라고 말합니다. 대부분 그렇게 보는 경향이 있죠. 그런데 우리들 중에는 '사실 나는 리더가 되고 싶지도 않고, 리더가 될 수도 없어'라고 생각하는 사람이 더 많지 않을까요? 그러면 그 사람은 애초에 성공하기는 그른 사람일까요? 리더십을 주제로 한 이 강연은 연속으로 기획되었고, 저는 오늘 그 처음을 여는 사람입니다. 그러니 리더십에 대해 먼저 이야기를 나누고, 그다음 제 이야기를 하고, 그러고 나서 여러분과 대화하는 순서로 진행해보겠습니다.

리더와 팔로어 그리고 제3의 사람들

리더(leader)는 영어 그대로 풀이하자면 이끌어가는 사람입니다. 인간은 사회적 동물이고, 리더가 없는 조직은 없습니다. 다만 좋은 리더냐, 나쁜 리더냐 하는 문제일 뿐이지요. 분명한 것은 모든 사람이 다 리더가 될 수 없다는 사실입니다. 어느 조직의 단위가 정해지면 한 사람 혹은 과두 체제라면 소수의 사람으로 리더가 만들어집니다. 나머지 사람들은 그 리더가 이끄는 대로 따르게 마련이고요. 그런 사람들을 팔로어(follower)라고 부릅니다.

어느 조직이든 반드시 그 안에는 리더와 팔로어가 생기게 됩니다. 리더와 리더를 알아보는, 즉 누가 리더인지를 정해주는 팔로어가 있는 겁니다. 이 둘은 굉장히 깊은 관계를 맺습니다. 두 그룹은 서로 깊은 영향력을 주고받으면서 때론 조직을 어렵게 만들기도 하고 아주 좋은 조직으로 이끌어가기도 합니다.

팔로어를 쪼개어 제3의 인물들(third people)이라고 부르는 그룹이 있다고도 합니다. 이른바 '변혁적 리더십'에 대한 이야기인데요. 어떤 조직의 문화나 패러다임을 바꾸는 리더십이 성공하려면 새로운 패러다임을 제시하는 리더가 있고, 그것이 옳다고 믿으며 따르는 팔로어도 있어야 합니다. 그 팔로어의 규모는 초기엔 비교적 작겠지요. 그런데 그들의 목표가 성공하려면 거기에 그치지 않고 더 나아가 그 팔로어들에 동조하며 묵묵히 따라오는 또 다른 사람들이 있어야 합니다. 전형적인 사례가 기독교에서 예수 그리스도와 열두제자 그리고 그들을 믿었던 초기의 신도들이지요. 그 신도들이 없었더라면 예수와 열두제자는 소수의 그룹으로 그쳤을 텐데요. 결국은 그들 덕분에 기독교가 세상에 퍼진 셈입니다.

세상을 바꾸겠다고 생각하는 사람이라면, 그 세 역할 중 하나를 맡게 됩니다. 물론 아무것도 안 할 수도 있습니다. 하지만 '나는 강물에 떠밀려가는 낙엽과 같은 존재로 삶을 살 거야' 하는 사람은 사실 거의 없을 거라고 저는 생각합니다. '나는 리더가 될 수 없을 뿐 아니라 리더가 되고 싶지도 않아'라고 생각하는 사람조차도 자신이 속한 공동체가 사람의 존엄을 받드는 편안한 곳이 되기를 바라고 내 삶이 그 자체로 존중받게 만들고 싶다면, 우리 공동체에 어떤 리더가 필요한가를 고민해야 합니다. 대부분 실제로 고민하게 되고요.

우리에겐 그 사실을 국민으로서 뼈저리게 체험한 시절이 있습니다. 그뿐만이 아닙니다. 예전에는 공동체 조직이 비교적 천천히 변화했습니다. 그래서 리더가 될 거라고 기대 받은 사람이 그렇게 행동하면서 차근차근 성장했습니다. 그렇지만 지금 여러분이 살아가는 사회는 이합집산이 심하고 빠릅니다. 예전에는 지역이나 학교에 어쩔 수 없이 얽매인 부분이 있었다면 이제는 그렇지 않습니다. 온라인을 통해 자신이 좋아하는 사람과 새로운 가치관을 공유하면서 스스로 공동체를 만들어낼 수도 있습니다.

사회를 구성하는 조직 또한 중층적이 되었습니다. 누구나 한 번쯤은 가족이나 회사 같은 작은 모임, 더 크게는 공적인 정치 영역에서 리더로 일할 기회를 만납니다. 그리고 그런 꿈을 꾸기도 합니다. 꼭 저처럼 어떤 조직의 회장이나 대표 같은 자리만을 의미하는 것은 아닙니다. 작은 모임의 총무라든지 아니면 프로젝트의 실무와 조직을 관리하는 책임자라든지, 어떤 일이든 리더로서 일하는 기회를 반드시 만나게 될 것입니다. 따라서 '내가 어떤 책임을 맡게 되었을 때 과연 잘해낼 수 있을까? 사람들 사이 관계는 어떻게 풀 것인가?' 등을 끊임없이 고민하고 공부할 필요가 있습니다.

그런 이유로 양현아 교수님과 서울대 여성연구소가 이 자리를 만든 게 아닌가 싶습니다. 사실 '우리에게 필요한 리더십은 무엇인가'라는 주제를 다룬 책들은 시중에 아주 많습니다. 리더가 지녀야 할 능력 중에서 어느 것을 중시하느냐에 따라 관리형이냐 비전 제시형이냐, 거래형이냐, 카리스마형이냐, 또 오늘 강연의 제목처럼 여성 리더십이냐, 이런 이야기들을 할 수도 있겠죠. 이렇게 분류하기 시작하면 수백 가지도 넘을 리더십에 대해 제가 다 다룰 수도 없고 또 다할 필요도 없을 것 같습니다.

'좋은 리더십이란 무엇일까'에 대해 간단하게 말씀드리자면 다음과 같은 여러 자질을 포함한다고 저는 생각합니다. 긍정적 에너지, 신념, 비전 제시, 소통, 역량 강화, 겸손, 판단력, 체력, 건강한 자의식, 유머감각 그리고 청렴과 정직 등의 높은 윤리의식 등등입니다. 사실 이 모든 것을 갖추기란 굉장히 어려운 일이지요. 그런 사람을 만나기도 쉽지 않습니다. 현실에서 우리가 만나는 사람 중에 어떤 이는 신념이 좋을 수 있고 어떤 이는 균형 감각이 뛰어나거나 혹은 갈등 중재 능력이 빼어날 수 있습니다. 결국 내가 속한 공동체에서 어떤 능력을 가진 리더를 선택할 것인가의 문제인데, 이것은 결국 팔로어의 몫이고 여기 모인 우리 모두의 몫이라고 할 수 있습니다.

변화하는 한국 사회의 여성 리더십

이제 오늘의 주제로 넘어가볼까요? 여기 모인 분이 대부분 여성이잖아요. 모두가 리더 또는 팔로어로서 자신의 능력을 키울 수 있도록 훈련받고 그 능력을 펼칠 동등한 기회를 만나길 진심으로 바랍니다. 그렇지만 기울어진 운동장이라는 표현을 많이 쓰지요. 유감스럽게도 우리 사회의 여성들에겐 그 기회가 남성들보다 훨씬 적습니다. 그 결과 여성 리더가 남성보다 훨씬 더 부족한 처지에 있습니다. 여성의 고위직 진출 정도를 토대로 평가하는 여성사회참여지표가 있는데, 우리나라는 아직도 하위에 머물고 있습니다. 제가 나름대로 분석해서 세 가지 정도 이유를 꼽아봤습니다.

첫 번째는 리더를 양성하는 네트워크가 성별에 따라 기울어져 있기 때문입니다. 교육의 기회는 많이 평등해졌지만 여전히 학연과 지연, 군대나 직장 등의 조직을 통해서 밀어주고 끌어주는 관계의 문화 및 관습과 제도에서 여성들은 소외되어 있습니다.

두 번째로는 임신, 출산, 양육에 대한 사회적 해법이 아직도 정착되지 않았기 때문입니다. 여성은 육아휴직이라는 제도가 있어도 대부분 쓰기를 기피합니다. 경력과 성공을 생각하는 여성들은 결혼을 하지 않거나 아이를 낳더라도 육아휴직은 쓰지 않겠다고 합니다. 그래서 점차 우리 사회가 암암리에 비혼을 권하고 출산을 억제하는 사회로 바뀌고 만 거지요.

세 번째로는 리더십에 대한 잘못된 선입견 때문입니다. 남성적 리더십과 여성적 리더십이 따로 있다고 보는 건데요. 보통 남성적 리더십이라 불리는, 즉 카리스마와 권력욕을 바탕으로 하는 지배적 리더십, 다소 부족하더라도 연고가 있는 사람을 힘있게 밀어주고 이끌어주는 그러한 리더십들이 여성에게는 부족하다는 편견이 만연합니다. 게다가 여성들만의 고유한 특성에 대한 부정적 평가까지 더합니다. '그 여자 일하는 것은 괜찮은데 여성 특유의 잔소리가 많아' 하는 식으로 여성적인 특성에 대해 부정하고 저항하면서 여성적 리더십을 비하합니다. 특히 남성이 절대다수인 커뮤니티에서 여성의 말과 행동이나 태도를 상대적으로 낮게 평가하곤 합니다.

하지만 세상은 변하고 있습니다. 한국 사회는 정말 많은 변화가 있었는데 함께 되짚어볼까요?

제가 입학할 당시인 1985년으로 거슬러 올라가면 한국 사회 전체 대학 진학률은 30퍼센트밖에 되지 않았습니다. 그중에서도 여성은 3분의 1이 안 되었고요. 제가 다니는 법대는 정원이 300명이었는데요, 여성은 10퍼센트에 못 미쳤습니다. 모두 19명이 들어왔어요. 그러니까 50만 명을 기준으로 그해에 태어난 아이들 가운데 15만 명이 대학을 갔고, 그중에서 다시 3분의 1이 여성이니까 5만 명 정도 여성만 고등교육의 혜택을 받은 셈입니다.

지금은 대학 진학률이 70퍼센트입니다. 9년 전에는 제가 통계를 보니까 78퍼센트까지 올라갔더군요. 지금은 대학 진학률이 조금씩 떨어져서 70퍼센트에 조금 못 미친다고 합니다. 편의상 똑같은 기준을 대입해, 50만 명이 같은 해에 태어났다고 본다면 70퍼센트인 35만 명이 대학에 진학하게 됩니다. 그중의 절반이 여성입니다. 즉 17만 5,000명 여성이 대학생이 된 것입니다. 그러니까 제가 입학한 1985년으로 거슬러 올라간다면 여기 앉아 계신 분들 가운데 절반도 훨씬 넘게 대학에 진학하지 못했을 거예요. 그것은 여러분의 능력과 전혀 상관없는 문제입니다. 그냥 대학 입학의 기회조차 가질 수 없었던 겁니다.

그러면 그 당시에는 여성이 남성보다 지능이 훨씬 떨어져서 그랬을까요? 그렇지 않습니다. 단지 여성에게는 고등교육을 제공할 필요가 없다는 세상의 편견, 부모님의 편견이 존재했을 뿐입니다. 그러면 공부를 잘했던 제 친구들은 다 어떻게 되었냐고요? 정말로 똑똑한 친구들 태반이 중학교 3학년 때 상업고등학교로 갔습니다. 취직이 100퍼센트 보장된다는 여자상업고등학교들이었습니다. 그 당시 저희는 고등학교에 들어가기 전에 입학시험을 봤는데요, 먼저 상업고등학교를 지원하고 다음으로 인문계 고등학교로 갔습니다. 상업고등학교 중 명문이라는 서울여상, 동구여상 이런 데는 꽤 높은 점수를 받아야 입학할 수가 있었지요. 200점에서 197~198점을 받은 친구들이 명문 상업고등학교를 가서 중소기업의 경리직에 취업한 후 한 남자의 부인으로 살았습니다. 그게 제 친구들의 모습입니다. 33년 전으로 거슬러 올라가면 여기 계신 여러분의 절반도 그러한 삶을 살았을 것입니다.

이제 그 역사는 흐르고 흘러 한국 사회에서 여성의 대학 진학률은 남성을 앞지르고 있습니다. 취업률 역시 꾸준히 증가해서

2012년에 최초로 20대 여성 취업률이 남성을 앞지르는 일이 일어났습니다. 20대 이하에서는 사실상 차별 없는 남녀 교육 수혜율, 여성의 경제활동 참가율과 고위직 진출 증가, 반면 군복무로 2~3년을 보내는 남성들의 열패감, 후진적 군사 문화, 사회 구성에 있어 남초 현상 등이 복잡하게 얽혀 여러분 세대에서 지금 격랑이 일어나고 있는 것입니다. 그런데 정말 유감스럽게도 통계 자료에 나타난 우리나라 여성 임금은 남성 임금의 70퍼센트에도 미치지 못합니다. 공무원 중 고위급(보통 5급 이상)에 여성 비율은 2012년에 3퍼센트였습니다. 정부의 부단한 노력 끝에 2018년 이제 겨우 10퍼센트입니다. 대학 시절까지 별 차별을 느끼지 못하고 공부 잘해서 능력에 따라 살아왔으며 그에 따라 대우받았던 여학생들에게 졸업 이후 이런 현실적인 문제가 닥치는 것입니다.

여러분은 '개개인이 열심히 노력하면 저 현실을 피할 수 있을 거야'라고 생각할지도 모르겠습니다. 하지만 통계 자료는 일정한 특성을 보이는 일정한 집단의 사람들이 처하는 상황을 확률적으로 보여주는 것입니다. 여러분 모두가 100이라는 동등한 능력을 지녔더라도, 이 상태가 계속 유지된 채 20년이나 30년이 지나면, 여러분의 남자 동기가 고위직으로 올라갈 확률이 여러분 경우보다 아홉 배가 높다는 사실을 확인하게 될 겁니다.

한국의 지난 100년사, 아니 50년사만 돌이켜봐도 '이 상태가 계속 유지된 채'라는 가정은 무너질 거라고 확신합니다. 우리 사회는 끊임없이 여성의 인권을 증진시키는 쪽으로 변화하고 발전해왔기 때문입니다. 다만 제가 그 여정 위에 서 있었던 것처럼, 여러분에게도 지금 이 과제를 해결할 의무가 주어진다는 점을 말씀드리고 싶습니다. 아무도 움직이지 않으면 저 10퍼센트의 벽은 무너지지 않습니다. 개인의 과제가 아니라 우리 모두 함께 풀어야 할 문제인 것입니다.

법조계가 걸어온 여성 인권의 길

제 개인의 삶에 대해 말씀드리면, 친 언니들은 대학에 입학하지 못했습니다. 저도 언니들처럼 상업계 고등학교를 갈 뻔했는데, 담임선생님이 저를 꼭 대학에 보내라고 아버지에게 권하셔서 인문계 고등학교로 진학할 수 있었습니다. 어쩌다 보니 학력고사에서 높은 점수를 받아 서울대에 입학했지요. 저는 이것을 매우 '우연한 삶'이라고 생각하는데요. 만약에 제가 진학했던 1985년을 기준으로 보았을 때 조금 더 일찍 태어났다면, 그러니까 1960년대 초반이나 1950년대 후반에 태어났더라면 저도 언니들처럼 대학 진학이 어려웠을 겁니다.

저는 1991년에 사법시험에 합격했는데, 그때만 해도 여성 법조인 중에서는 판사가 제일 많았습니다. 그다음이 변호사, 그다음이 검사 순이었는데요. 1982년에 최초의 여검사가 출현합니다. 그제야 우리나라에 여성 검사가 겨우 두 분이 되었지요. 제가 법조계에 발을 들여놓았을 때 판사, 검사, 변호사를 다 합쳐도 여성은 150명 전후였습니다. 그나마 판사라는 직업이 안정성이 높다는 이유로 100명 정도 여성이 택하던 시절이었습니다. 저는 1994년 연수원을 졸업하고 바로 변호사로 활동했고 동시에 '민주사회를 위한 변호사 모임'에 가입했지요.

여성 법조인들이 우리 사회에서 여성 인권을 위해 어떤 일을 했는지를 제가 타임라인을 만들어봤는데요. 상속제도에 대해 먼저 말씀드리겠습니다. 옛날에는 여성이 남성과 동등하게 상속받지 못했습니다. 시집간 여성은 남성, 즉 아들에 비해서 4분의 1밖에 상속받지 못했지요. 그 상속제도가 점차 개선되었고, 1990년에 재산분할제도가 생깁니다. 이 제도로 이혼할 때 가정주부의 가정경제에 대한 기여도, 즉 가사노동의 가치가 법적으로 인정을 받습니다.

1994년 최초로 서울대 화학과 교수에 의한 조교 성희롱 피해 배상 소송이 제기됩니다. 형법상 강간 및 추행의 죄는 '정조에 관한 죄'라고 했거든요. 그 범죄로 인한 피해가 뭐냐면 여성의 정조, 즉 남성에 대해 성적으로 순결할 의무가 침해되었다는 말입니다. 그렇게 마치 남성의 권리가 침해된 것처럼 표현된 말들이 법조문에서 사라지고 '강간과 추행의 죄'로 다시 명명되면서, 여성에 대한 강간은 여성의 성적 자기결정권의 침해라고 정의됩니다.

2003년에는 여성단체들과 변호사들이 호주제가 헌법에 반한다는 위헌 소송을 제기합니다. 호주, 즉 그 집안을 대표하는 사람은 열 살짜리 아이일지라도 남성이면 그 집안의 가장이라는 게 호주제인데요. 그 제도가 여성 인권에 반한다는 헌법소원이 제기되어서 2005년에 폐지됩니다. 거저 주어진 것이 아닙니다. 1980년대부터 법조계에 진출한 여성 법조인, 여성 시민 활동가, 여성인권운동단체가 힘을 모아 일부 남성들과 함께 제기해서 쟁취한 것들이지요.

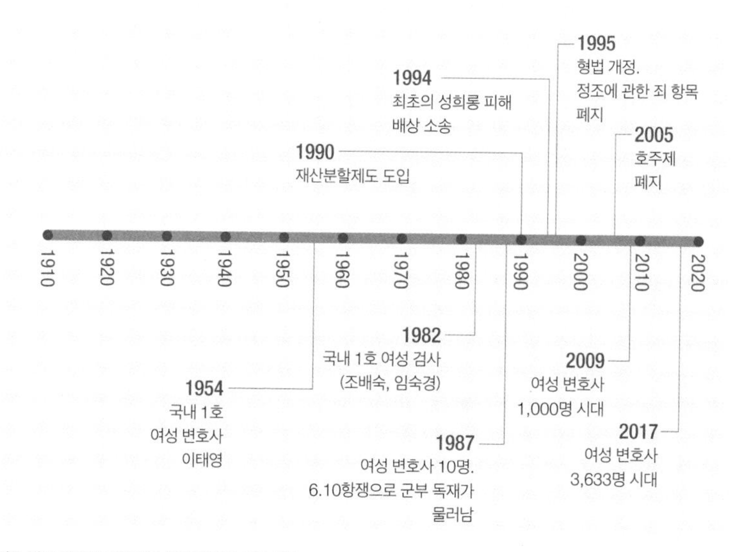

장연순 변호사가 작성한 한국 법조계 젠더 타임 라인

여성 변호사 숫자는 2009년에 1,000명을 넘었고 2017년에는 3,633명을 넘었다고 합니다. 지금 전체 법조인 수가 2만 5,000여 명을 넘는 만큼 여성 법조인이 22~25퍼센트 정도의 비율을 차지하는 셈입니다. 저는 변호사가 된 동시에 민주사회를 위한 변호사 모임에서 활동을 했습니다. 다행히 좋은 동료들과 선후배들을 만나 지금까지 특별히 여성의 처지에서 크게 불이익을 느끼지는 않았습니다. 하지만 결혼과 두 아이의 출산에 따른 경력 단절을 피하려고 남들보다 두세 배 더 힘들게 살았던 시기가 분명 있었습니다. 30대를 생각하면 결코 다시는 돌아가고 싶지 않을 정도입니다. 변호사로서 엄마로서 일과 가정을 양립해야 하는, 모든 여성이 다 돌파해야 하는, 여기 여러분들도 어쩔 수 없이 부딪쳐야 할 그 짐이 정말 무거웠습니다.

그사이 법조계는 많이 변했습니다. 앞서 말씀드린 것처럼 불과 100명 정도이던 여성 법조인이 3,000명을 넘어섰고 여성 관련 법률이나 제도도 꾸준히 개선되었지요. 제 어머니의 시대에는 축첩이 당연시되었습니다. 시집을 잘 가야지만 성공한 삶이라고 인정받는 게 저의 시대였습니다. 그러나 이제 여러분들은 여성도 동등한 대우를 받아야 한다는 것을 어느 누구도 공식적인 자리에서 부인할 수 없고 거부할 수 없는 그런 시대를 살고 있습니다.

우리는 바다로 간다

그럼에도 불구하고 여전히 우리가 갈 길은 험하고 멀기만 합니다. 1966년생 엄마들이 싸워온 주제는 여전히 현실의 문제로 남아 있습니다. 『82년생 김지영』이라는 책이 많이 팔렸다지요? 그 소설을 읽어보면 현실에서의 구체적인 쟁점은 조금씩 달라졌을지 모르지만, 역시 같은 문제와 싸우고 있는 김지영들이 여전히 많다는 생각이 듭니다. 그렇지만 저희 세대는 성희롱이나 성폭력이 무엇인가에 대한 근본적인 질문조차 불가능했다면, 여러분은 조금 다른 주제와 다른 쟁점으로 싸울 수 있다는 말씀을 드리고 싶습니다.

제가 강조하는 것은 어느 한 개인의 뛰어난 능력이나 성취가 아닙니다. 앞서 말씀드렸듯이 여러분이 1960년대에 태어났다면 여기 계신 분들 절반이 이 학교에 없었으리라는 점을 잊지 마시기 바랍니다. 지난 30년의 역사는 선배들의 희생과 투쟁이 없이는 지금 우리가 누리는 것들이 가능하지 않았음을 생생히 보여줍니다. 1987년에 한국여성단체연합이라는 진보적 여성운동 연합체가 탄생하고, 1988년에는 제가 일하는 민변이라는 단체도 만들어졌지요. 그 뒤 여성 차별을 없애고자 정말 많은 분의 선도적인 싸움이 있었습니다.

성희롱이 지금은 일반화된 개념이라서 모르는 사람이 없

지요. 그렇지만 대다수 사람이 그 개념조차 알지 못할 때 최초로 이 문제를 소송까지 끌어간 여성은 결국 이 학교로 되돌아오지 못했습니다. 만약 그때 자신이 학교에서 온전히 살아남을 일만을 생각하며 참자고 마음먹었다면 그 문제는 결코 제기되지 못했거나 늦어졌을 겁니다. 그분의 희생 덕분에 성희롱이라는 개념이 1996년 법률 용어로 인정된 셈입니다.

1998년에 가정폭력방지법이 제정되기 이전에는, 남편이 아내에게 가하는 폭력은 가정사이고 부부간의 일이니 국가나 사회가 나서는 것은 자제해야 한다고 했습니다. 그 시절 그 무지막지한 폭력을 견디다 못해 남편을 찌르고 심지어 살해하기까지 이른 여성들, 범죄자로서 그 처벌을 온몸으로 받아야 했던 여성들이 있었습니다. 그때 그 여성들이 왜 그런 처지에 놓였는지를 변론했던 변호사들과 지원을 아끼지 않았던 시민들이 있었던 것입니다. 호주제 역시 마찬가지였습니다.

사람으로 태어나서 우리는 누구나 어떤 조직, 즉 가족이나 학교나 기업 등의 구성원이 됩니다. 처음에는 팔로어로 출발하지요. 그 역할을 잘하다 보면 그 사람들 중에서 리더가 만들어집니다. 변화하지 않는 조직은 없습니다. 주어진 시대의 소명에 따라 조직은 흥하기도 하고 소멸하기도 합니다. 내가 좋은 리더가 되고 좋은 팔로어가 되는 것은 결국 그 시대의 사명이나 소명과 만나지 않으면 의미가 없습니다. 시대의 소명과 만나 긍정적인 변화를 이끌어가는 집단의 노력이 그 속에 있는 개개인의 운명을 결정합니다. 우리는 흔히 어떤 개인을 두고 '저 사람은 정말 성공했어', '너무 잘난 사람이야' 생각하지요. 그러나 사실 그 개인을 그 자리에 오게까지 한 것은 많은 사람들, 그 개인과 동질적인 집단, 우리로 말하자면 여성이라 볼 수 있습니다.

우리는 자신의 삶을 스스로 결정짓는다고 생각하지만 꼭 그렇지만은 않습니다. 한 여성의 삶은 그 여성만의 것이 아닙니다. 그전부터 살아온 많은 여성의 삶이 우리 속에 농축되어 있습니다. '인간은 인간답게 살아야 한다고 배웠는데 왜 여성은 그렇지 못한가? 왜 나는 내 남자 동기에 비해 사회적으로 성공할 확률이 9분의 1에 지나지 않는가?' 이런 문제에 의문을 갖고 때로는 자신의 안전과 명예에 대한 위험도 감수하며 행동했던 여성들의 희생이, 이 자리에 있는 저에게도 그리고 이제는 동등한 교육의 기회를 누리는 여러분에게도 녹아들어 있는 것입니다. 그래서 저는 여성 리더십을 생각하는 사람들은 먼저 역사의 흐름 속에 서 있는 존재로서의 개인을 자각해야 된다고 말씀드리고 싶습니다.

좋은 리더십을 키우는 방법으로 '한정된 시간을 어떻게 관리할까? 조직의 구성원들과 어떻게 관계를 맺을까? 주어진 업무는 어떻게 처리할까? 건강은 어떻게 관리할까' 등을 이야기하는 자기계발서는 많습니다. 그런 리더십은 개별적으로 배우고 훈련할 수 있습니다. 하지만 그보다 더 중요하고 잊지 말아야 할 것은 내 이웃과 사회와 국가의 발전과 내 삶의 변화가 함께 가지 않으면 불가능하다는 안목입니다. 나를 만들어준 수많은 여성의 희생이 없이 홀로 성공할 수는 없으며, 나부터 헌신해야 한다는 걸 깨달을 때 그 성공이 의미가 있습니다. 이렇게 각성한 리더가 많아질 때 우리가 바라는 보다 민주적이고 존엄한 사회로 갈 수 있을 것입니다. 이게 제가 오늘 말씀드리고자 하는 골자입니다.

Q & A

1

저는 국립외교원 입교를 준비하고 있습니다. 여성의 고시 합격률은 높아졌지만 사회 속 가부장 질서가 여전히 굳건해서, 제가 영향력 있는 사람이 되려면 그 체계에 순응해야 하는 건 아닌지 딜레마가 굉장히 큽니다. 그런 부분을 어떻게 이겨내셨는지 궁금합니다.

어려운 일입니다. 남성만으로 이루어진 세상이 너무나 강고해서 여성은 들어갈 수조차 없다면, 여성은 남성이 만든 질서에 순응해야만 하는 걸까요? 저는 그렇지 않다고 생각합니다. 보편적 가치에 호소하면서 그 질서를 조금씩 깨뜨릴 수 있거든요. 그게 바로 인권의 역사입니다. 물론 처음으로 문제를 제기하는 여성은 피해를 입습니다. 아까 말씀드렸듯이 최초의 성희롱 피해자는 용기를 냈지만 더는 한국에서 공부를 할 수 없어서 외국으로 갔으니까요. 하지만 그 여성 자신이 깨지면서 균열을 만든 덕분에 그 뒤를 따르는 사람들의 진입이 수월해집니다. 그 고통, 희생, 헌신에 대해 우리가 공감하고 힘을 보태야 하는 이유입니다.

저는 보편적인 것을 두고 여성적 혹은 남성적이라는 이분법적 잣대를 들이대면서 회피하거나 변명하지 않는 태도가 우리 여성에게 필요하다고 생각합니다. '남성만의 질서'에 지레 겁먹을 필요도 없지만, '여성만의 것'을 내세워 보호막을 치는 자세도 결코 도움이 되지 않습니다. 한발 더 나아가 흔히 여성적이라고 말하는 특성을 보편적인 것으로 만들려고 노력할 때, 남성 중심 질서에 편입되는 상황에 대한 공포를 넘어설 수 있다고 생각합니다.

보편화할 수 있는 여성의 특성으로 무엇이 있을까요? 변호사 영역에서 예를 들자면, 여성의 처지나 입장을 남성에게 이해시키는 일이 어려운 경우가 참 많습니다. 데이트강간 같은 게 대표적입니다. 남자 친구나 직장 동료와 모텔에 가서 강간을 당한 피해자들이 성폭력으로 고소를 하면, 자발적으로 갔다는 이유로 가해자가 무혐의를 받거든요. 강간 같은 범죄는 전후 정황에서 피해자가 어떤 행위를 했는지 살펴보는데, 둘이서 친근하게 함께 밥을 먹었다든지 같이 웃으면서 사진을 찍었다든지 하면 범죄 자체를 인정하지 않으려 합니다. 남성 검사가 피해자에게 "그러게 모텔에는 왜 가셨어요" 하고 비난조로 말하는 일이 생기는 거죠.

이는 여전히 남성 중심적 사고와 여성 심리에 대한 몰이해 속에서 성폭력 범죄가 다루어지고 있기 때문입니다. '왜 여성은 그렇게 생각하고 행동할 수밖에 없는가'에 대해 당당히 발언하는 여성의 목소리가 없다면, 이런 상황은 결코 바뀌지 않을 겁니다. 그들의 기준으로 봐서 '이해할 수 없는' 그녀들은 계속 아웃사이더로 밀려날 수밖에 없을 테니까요. 여성이 남성과 동등하게 살아가기 위해서는 보편적인 것에 호소하는 일 그리고 한 편으로 여성적 특성을 보편적인 것으로 만드는 일, 이 두 작업을 끊임없이 시도해야 된다고 생각합니다.

2

저도 남성이 대부분인 곳에서 어떻게 해야 자리를 잡을 수 있을까 끊임없이 고민을 하다가, 아까 질문하신 분처럼 주류에 일단 들어야 한다는 결론에 도달했습니다. 그런데 누구에게나 공감을 얻을 수 있는 보편적인 특성에 대해 고민해보라고 하신 선생님 말씀이 마음에 많이 남네요. 우리 여성들이 그런 공감을 이끌어 낼 수 있는 보편적인 특성이 법조계 외에서는 또 무엇이 있을까요?

오늘 주제와 관련해 생각해볼까요. 저는 리더십도 남성적 혹은 여성적이라는 이분법으로 나누는 것을 그다지 좋아하지 않습니다. 일반적으로 여성적 리더십의 특성으로 공감, 배려, 경청, 소통, 자연환경과의 조화, 소수자를 돌보는 역량 등을 꼽습니다. 그런데 이런 특성은 여성 몫이고 저런 특성은 남성 몫이라고 구분할 필요가 있을까요?

우리 사회가 변화하면서 새로운 리더십을 요구할 뿐이라고 저는 생각합니다. 인류 역사에서 남성들의 리더십이 보여준 부정적인 측면이 있지요. 예전에는 리더십으로 전쟁, 대립, 갈등을 이끌었다면, 지금은 지구 차원의 생태 보호, 평화, 인권이 대안으로 등장하는 시기입니다. 그렇기 때문에 소수자였던 여성이 다수자인 남성에 비해 문제점을 더 잘 느끼고 이를 극복할 리더십도 더 잘 발휘할 수 있다는 의미인 거죠.

물론 남성도 불가능하지 않습니다. 대안, 경청, 소통, 돌봄, 배려를 잘하는 남성도 있습니다. 그러니 단지 리더의 성별을 교체하는 문제가 아닌 거죠. 다만 더 많은 여성이 리더로 등장해서 우리 사회를 더 나은 쪽으로 변화시켜 내면서 보편적 리더십의 긍정적인 부분을 강조하면 더 좋겠지요?

3

저는 고위 임원직 자리의 남녀 비율이라든지 임금 격차에 대해서, 젠더의 문제가 아니라 산업 구조의 차이라고 생각합니다. 예를 들어 우리나라는 수출 주도 국가잖아요. 가진 거라고는 사람밖에 없으니까 과학기술이나 문화 콘텐츠 제작에 심혈을 기울입니다. 그런데 그쪽 분야 종사자들은 80퍼센트 이상이 남자죠. 저 대학 들어올 때도 신입생 48명 중에 여학생이 3명이었고, 전체 교수 50분 중 여교수님은 1분밖에 없었거든요. 그런 걸 보면 사실 여성이 선택을 안 하거나 꺼리는 문제가 확실히 존재하는 것 같습니다. 제 질문이 적당한지 모르겠는데, 어떻게 생각하시나요?

지금 질문하신 분의 고민이나 문제의식은 알 것 같습니다. 이른

바 남성이 일하기 적합하다고 알려진 쪽에 실제로 남성 종사자가 많고 여성은 진출을 꺼리는 경향이 있다고 보시는 것 같은데요. 어떤 직종이든 남녀 편재가 있을 수 있지만, 육체나 취향의 문제와 상관없이 두 성이 골고루 그 직업에 참여할 수 있는 기회가 있는지 여부가 중요하다고 저는 생각합니다. 특히 최초 진입 기회의 문제 그리고 고위직 진출 기회의 문제, 두 면을 볼 수 있겠죠.

일례로 교사의 경우 여교사가 많은 데 반해 고위직, 즉 교장과 교감은 계속 남성의 전유물이었습니다. 2007년인가 드디어 40퍼센트를 넘었다고는 하던데, 정책을 결정할 수 있는 고위직에 여성의 진출 비율은 여전히 낮습니다.

성평등 정책 아래 기회를 동일하게 제공해도 공대 계열이나 특정 직업군에서 남성들 비중이 높은 현실도 여전합니다. 그 원인은 여러 가지가 있겠지만, 저는 결혼과 출산 그리고 육아가 적지 않은 영향을 미친다고 생각합니다. 연구직처럼 젊은 시절 한때 집중해야 하는 시기가 필요한 직종은 여성이 임신과 병행하기가 매우 어렵습니다. 이건 결국 개인의 자발적 노력이 아니라 사회적 해법으로 풀어야 하는 문제입니다. 이미 개인의 자발성, 호기심, 참여도가 사회적으로 제약을 받는 상태이므로, 그런 여성들이 더 잘 연구하고 일할 수 있도록 국가에서 인센티브를 줘야 하지 않을까요?

우리는 철학자 대부분이 남성이라고 알고 있습니다. 여성은 마치 철학을 할 수 있는 능력이 남성에 비해 떨어지는 것처럼 보일 정도입니다. 얼마 전 옥스퍼드 대학에서는 앞으로 학생들에게 남성 철학자가 아닌 여성 철학자에 대해 일정 비율 이상 가르쳐야 한다는 논의가 있었다고 합니다. 사실 루소니 플라톤이니 우리가 아는 철학자 대부분이 다 남성 아닌가요? 그래서 갑자기 여성 철학자를 발굴하고 배워야 한다는 발상이 황당하다는 댓글이 그 기사에 달리기도 했지요. 철학자가 다 남성인 걸 어떻게 하느냐, 그렇다고 역사에 없는 여성 철학자를 만들어 내서 가르칠 수는 없는 것 아니냐, 그런 내용이었답니다.

그런데 여성 철학자를 찾아내 기록하고 알아보자는 주장을 펴는 사람들에 따르면, 실제로 여성 철학자가 없었던 것이 아니라 인류의 역사가 남성에 의해 남성의 역사로 쓰였기 때문에 여성 철학자들이 없는 것이라고 합니다. 즉 기록되지 않았다는 것이죠.

미국의 『뉴욕 타임스』에서 "지금까지 100년간 부고를 실어 왔는데, 통계를 내보니 남성 부고가 여성 부고보다 다섯 배 더 많았다. 우리는 여성들이 어떤 일을 했는지, 그 여성들의 죽음이 사회적으로 어떤 의미가 있는지를 신중하게 돌아보지 않았다"고 반성한 일이 있었대요. 그러니까 탁월한 생각과 훌륭한 일을 한 여성들이 없었던 게 아니라 역사 속에서 다 지워지고 결국은 남성 철학자만 남은 겁니다. 그런데 우리는 철학을 공부하면서 '아, 남성이 철학에 특화되어 있네' '여성은 태생적으로 철학을 못하네' 이렇게 생각할 수 있죠. 옥스퍼드 대학은 그걸 고치겠다고 지금 나서는 셈입니다.

아까 자신의 질문이 적당한지 고민된다면서 말씀을 시작하셨는데, 제 생각에는 그런 자세가 소중해 보입니다. 지금까지 당연하다고 생각했던 것을 의심해보고 그 당연한 것이 지금 왜 당연한 것으로 존재하는지, 그 바닥을 파보는 훈련을 우리가 열심히 해봐야 하지 않을까요?

4

제가 다니는 학부는 상당히 남자가 많아서 어쩔 수 없는 남성만의 문화가 있습니다. 남자가 시키는 게 많으면 보스라서 그렇고 여자가 시키는 게 많으면 보스인 척해서 그렇다는 말을 스스럼없이 하는 분위기죠. 사회에 나가도 같은 환경이라면 제가 아무리 보편적 리더십을 지향한다고 해도 상당한 심적 고통을 받을 것 같아요. 여성 변호사로서 법조계라는 남성 친화적 분위기에서 살아오시면서 혹시 마인드 컨트롤 방법 같은 게 있으시다면 알려주세요.

제가 변호사 초임일 때는 "어머, 변호사세요?"라는 말이 주로 듣는 첫 인사였습니다. 왜냐하면 여성 변호사가 너무 적었으니까요. "살면서 여성 변호사는 처음 봤습니다"라고 스스럼없이 말하는 사람을 쉽게 볼 수 있었죠. 모임에 나가면 한국 특유의 학연과 지연을 훑으며 형님 동생 인사하는데, 저만 꿔다 놓은 보릿자루 같은 기분도 들고 그랬습니다. '이러다가 뒤처지겠구나' 하는 공포와 두려움도 컸고요.

하지만 그런 스트레스에 머무를 수는 없었습니다. 아까도 말씀드렸지만, 남성만의 질서가 강고하면 여성이 들어가기가 만만치 않습니다. 사실 그 남성들 중에서도 여성 친화적이고 인권에 대해 진지하게 생각하며 함께 나누려는 사람들이 있거든요. 그런 사람들과 사귀고 서로의 생각을 공유하다보면 내 생각도 다듬어집니다. 그렇게 좋은 생각을 지닌 사람이 다수가 되도록 세를 키우는 겁니다. 변호사인 저에게는 민변이라는 조직이 그러한 활동의 근거였습니다.

여러분이 사회에 나가면 조직의 맨 아래부터 일하기 시작하지요. 사실 좋은 의미의 리더보다는 그야말로 보스를 훨씬 더 많이 만나실 겁니다. 중간 보스, 더 큰 보스, 대마왕 보스 등 "도대체 뭐 하냐, 밥값이라도 제대로 해라" 이렇게 말하는 전형적인 남성 보스들이죠. 그 문화를 무조건 거부할 수도 없겠지만 일부러 좇아갈 필요도 없습니다. 기존 남성 중심 질서에서 리더로 성장하기 위해 나도 욕도 좀 하고 부하직원 바짝 쪼고 폭탄주 일곱 잔은 기본으로 마시자, 그건 아니라는 거죠.(웃음) 학연이나 지연 등 남성들의 기존 질서도 활용하세요. 하지만 그들과 함께하되 똑같이는 말고 새로운 대안을 찾아 현명한 선택을 하기 바랍니다.

5

선배님이 생각하시는 성공이란 어떤 것인가요?

정말 어려운 질문인데요. 성공의 기준은 누구나 마음속에 있고 조금씩 다를 것 같습니다. 저는 '자신이 생각하는 삶의 가치를 지켜낸 것'을 성공이라고 생각해요. 여러분도 각자 세운 기준에 따라 훗날 '아, 나는 성공했어'라고 말할 수 있으면 되는 겁니다. 그게 세속의 평가와 다른 아주 소소한 목표라 해도 말이죠. 다른 사람에게 상처를 주거나 공동체를 해치는 일만 아니면 되지 않을까요?

어떤 사람이 '나는 꼭 킬리만자로를 올라가고 말 거야. 거기서 표범을 만나야지' 하고 마음먹고선, 인생의 어느 때인가 반드시 킬리만자로에 올라가는 거예요. 운동해서 체력도 기르고 돈도 모으고 해서 말이죠. 킬리만자로를 올라간 다음에 그곳에서 표범은 만나지 못하고 내려온다고 해도 '나는 뜻한 바를 이루었으니 성공했어. 표범이 없다는 것을 확인했잖아' 하고 스스로에게 말하면 되는 겁니다. 그러니 각자 성공의 기준을 만드세요. 20대는 평생 자신의 마음에 담아둘 성공의 기준을 만들어가는 시기입니다. 건승하기를 빕니다.

6

여성 차별 철폐를 위해 개인, 사회, 국가가 해야 할 일은 무엇일까요?

제일 중요한 것은 할당제라고 생각해요. 우리나라 여성은 이제 교육의 기회는 동등하게 제공받고 있어서 형식적인 사회 진입 장벽은 많이 줄었습니다. 오히려 9급 공무원 분야는 여초 현상을 걱정할 정도죠. 문제는 유리천장입니다. 여성은 리더가 되어 정책을 결정하는 핵심 지위를 맡기에는 부족하다는 고정관념이 깨져야 합니다. 하지만 사람이 오랜 세월 지녀온 편견은 깨지는 데도 그만큼 오랜 시간이 걸리죠. 그래서 개별 현장에 맡기기보다는 사회에서 할당제를 도입해야 한다고 생각합니다.

7

최근 여혐이나 일베 등, 여성 차별은 여전한 데도 불구하고 남성이 오히려 여성을 적으로 돌리는 시선들이 눈에 띕니다. 이에 대해 어떻게 생각하시나요?

강물은 계속 흘러서 바다로 갑니다. 강물을 바라보고 있노라면 굽이굽이 여울에서 큰 격랑이 일 때가 있습니다. 바위도 깨뜨려 버릴 기세로 물방울이 산산이 부서지고 무섭게 소용돌이치며 물길을 바꾸기도 하지요. 하지만 멀리 보면 결국은 바다에 도착합니다.

여러분이 이 문제를 '우리는 바다로 간다'는 마음으로 여유롭게 보셨으면 합니다. 일베와 같은 생각을 하는 청년들 개개인을 비난할 게 아니라, 일베라 불리는 사람들이 왜 생겨났을까 그 사회 문화 현상을 이해해야 합니다. 그래야 해결책을 찾을 수 있어요. 남성과 여성을 포함한 다양한 사람이 모여서 공동체를 이룹니다. 어느 한쪽의 성만으로 공동체는 이루어질 수 없죠. 여성을 적으로 보는 시선이 오래갈 수도 없고, 그 반대도 마찬가지입니다. 그런 만큼 서로가 조금씩 호흡을 고르면서 상대방의 처지를 살펴봤으면 좋겠습니다.

8

여성이자 리더로서 가장 중요한 품성이나 능력이 무엇이라고 생각하시는지요?

오늘 후배들을 만나 강연한다고 하니 친구가 전해달라는 말이 있어요. "Good leader is a good reader." '좋은 리더는 잘 읽어내는 사람'이라는 말을 꼭 해달라더군요. 리더는 사람의 마음을 읽어야 합니다. 내가 위치한 좌표를 읽는 것입니다. 나는 21세기 초반 대한민국의 여성으로 태어났다는 XY축의 좌표를 읽고, 내가 속한 상황을 읽고, 내가 이끌어가는 사람들의 마음을 읽을 줄 알아야 되거든요. 경청을 해야 마음을 읽을 수 있습니다. 사실은 사람들이 조직 생활을 하면서 가장 고통을 받는 이유가 내 이야기를 안 들어줘서거든요.

그래서 여러분에게 마지막으로 드리고 싶은 말씀은 다른 사람의 마음을 잘 읽으려는 태도를 갖추면 좋겠다는 겁니다. 사람에 대해 조금 더 기다리고 조금 더 천천히 판단하는 것, 그래서 결론을 유예할 줄 아는 태도가 절실하다고 생각합니다.

요즘 메갈리아 논쟁, 여혐이나 일베 논쟁을 보면 정말 걱정스러워요. 저희도 정말 어렵게 싸워왔지만 지금의 20대 여성들이 선배인 저를 보고 명예남성이라고 비판할 수 있거든요. 그 비판이 잘못되었다는 말이 아닙니다. 20대 여성들에게는 지금 닥친 현실이 절박하고 괴롭지요. 그렇지만 여러분 선배들은 성희롱 개념조차 없던 시대에 살았습니다. 바라는 바를 일부 이루기도 했고 못 이루기도 했지만 그래도 꾸준히 싸우며 앞으로 걸어왔습니다.

우리 공동체에 깔린 차별을 없애는 일은 단번에 승부가 나지 않습니다. 왜냐하면 그것은 구성원의 차별적 인식에서 비롯되는데, 이는 문화나 관습과 밀접하게 연결되어 있어서 하루아침에 바뀌기가 힘들어요. 아무리 제도를 잘 갖추고 법률을 정비해도 공동체 구성원들이 생각을 바꾸는 일은 어쩔 수 없이 어느 정도 시간이 흘러야 가능하지요.

여러분이 사회에서 부딪치는 수많은 논쟁 속에서도 '우리는 끝내 바다로 갈 거다. 우리가 옳다'라는 여유를 가지기를 바랍니다. 우리가 앞장서서 다른 사람들 마음을 읽고 위로해주는 역할을 한다면 여기 있는 여러분 모두 다 성공하지 않을까, 훌륭한 리더가 될 수 있지 않을까 생각합니다.

꽃이 아니어서 좋아라

이진순

이진순 | 재단법인 와글 이사장

강연자 이진순은 1982년 서울대학교 사회학과에 입학해 1985년 서울대 총여학생회장으로 활동했다. 1987년부터 1992년까지 구로공단에서 노동자로 일하다가 1992년부터 MBC에서 다큐 작가로 〈이제는 말할 수 있다〉, 〈다큐스페셜〉 등의 프로그램 제작에 참여했다. 2002년에 미국으로 건너가 2009년에 럿거스대학교에서 미디어학 박사학위를 취득했다. 2013년까지 올드도미니언대학의 교수로 재직하다 2013년에 귀국하여 희망제작소 부소장을 역임했다. 2015년에 와글(WAGL)을 설립, 적극적이면서도 직접적인 시민 정치의 방식에 대한 실험을 진행 중이다. 현재 재단법인 와글(We-All-Govern-Lab)의 이사장이다.

80년대 대학가의 신체검사 풍경

최근에 미투 운동이라든가 젠더와 관련된 이슈들이 터질 때마다 저는 자책감 같은 게 좀 들었어요. 저도 30년 전에는 여학생회 활동도 하고 페미니즘 얘기도 했었는데, 살다 보니 페미니스트로 사는 게 솔직히 너무 피곤해서 약간 전향하고 순치된 상태로 살아온 것 같습니다. 한 세대가 지난 지금 성년이 된 여러분 앞에서 뭐라도 좀 이야기해야 하지 않을까, 그렇게 자책감을 조금이나마 덜기 위한 기회로 생각하고 오늘 이 자리에 왔습니다.

제가 말씀드릴 건 '이렇게 하면 리더가 될 수 있다', 그런 얘기는 전혀 아닙니다. 제가 무슨 성공의 화신이나 대단한 인간 승리 드라마의 주인공도 아니고요. 그저 저의 여러 좌충우돌과 시행착오 과정들을 담담하게 말씀드리는 게 좋겠다고 생각했습니다. 제가 겪었던 일들이 지금 하는 일과 어떻게 연결이 되는지를 여러분이랑 도란도란 이야기 나눈다는 생각으로 말씀드릴게요.

제가 국민학교(요새는 초등학교라고 하죠) 다닐 때 사회 교과서에 지금도 기억이 생생할 정도로 매우 중요하게 반복된 구절이 있었어요. 대망의 80년대가 되면 1가구 1차량 마이카 시대가 열리고, 또 1인당 국민소득이 1000달러를 넘어서고 수출은 100억 달러를 넘어선다는 내용이었습니다. 지금 생각해보면 별거 아니지만 그때는 정말로 '아, 대망의 80년대가 되면 정말 엄청난 일이 벌어지나 보다'라고 생각했습니다.

드디어 대망의 80년대가 됐고 1982년에 저는 대학에 들어왔어요. 대학 입학할 때 요즘에도 신체검사를 하나요? 저는 신체검사를 했는데 정말 깜짝 놀랐습니다. 남학생 줄과 여학생 줄이 따로 있지가 않았어요. 엑스레이 찍는 데서만 남녀로 줄이 갈리고 그 외에는 그냥 한 줄로 서서 들어가는 거예요. 국민학교 때에도 이런 풍경이 있었죠. 여자애건 남자애건 같이 홀딱 벗고 신체검사를 받았는데, 서울대라는 데를 왔는데도 남녀가 같이 섞여서 신체검사를 하는 거예요.

여학생들은 얇은 티셔츠를 간단히 입었고 신체검사라 다른 속옷은 입을 수가 없으니까 서류로 가슴을 가리고 서 있었지요. 남학생들은 원래 준비물이 수영복 팬티였지만, 촌에서 올라온 친구들이 제대로 준비를 안 해서 하얀 팬티 바람으로 서 있었어요. 그런 남학생들 사이사이에 여학생들이 서 있는, 정말 해괴망측한 신체검사를 받았던 기억이 납니다. 그 분위기에서 여학생을 위한 배려는 거의 없는 거예요.

제가 이런 얘기를 하니까 저보다 한참 후배인 친구가 그러더라고요. 성균관대를 졸업한 그 친구가 학교 다닐 때조차도 사회과학대학에 여자 화장실이 없어서 다른 건물로 가야 했다고 합니다. 저는 화장실까지는 바라지도 않고, 그냥 신체검사만이라도 따로 할 수 있다면 좋았을 거라는 얘기를 했습니다.

우리는 꽃이 아닙니다

이렇게 신체검사를 하고 신입생 환영회에 갔습니다. 요즘은 콘도나 리조트 같은 것을 빌려서 신입생 환영회를 많이 하지만 저희 때는 그냥 소박하게 과 단위로 했어요. 과별로 신입생 오리엔테이션을 하고 뒤풀이로 막걸리 집에 가서 선배들이 신입생들한테 술을 퍼먹여서 거의 빈사 상태가 되도록 만들곤 했지요. 사회학과는 특히 학생운동에 관련된 사람이나 다양한 동아리에서 활동하는 사람들이 많았어요.

오리엔테이션 중 제가 잊을 수 없는 일이 있어요. 선배들이 일어나서 한 명씩 돌아가며 자기네 서클(지금은 동아리라고 하지요)에 들어오라고, 그 서클에 들어오면 이러이러한 점이 좋다고 홍보했습니다. 그런데 한 남자 선배가 "우리 아름다운 여학우 여러분. 꽃이 있으면 나비가 꼬이는 법. 여러분의 적극적인 참여를 열렬히 바랍니다. 여러분이 오시면 우리 남학생들도 많이 몰릴 것입니다"라고 말했습니다.

만일 요즘 그런 얘기를 하면 어떻게 돼요? 어떻게 되나요? 정말 궁금합니다. 요즘 같으면 그냥 넘어가지 않겠지요.

저는 그 선배 말이 굉장히 비위에 거슬렸던 참에 한참 후 신입생이 돌아가면서 자기소개를 하는 시간이 생겼어요. 그래서 제 차례에 "아까 뭐 이상한 소리를 들었는데 우리는 꽃이 아닙니다. 그냥 후배입니다. 앞으로 그런 얘기는 안 했으면 좋겠습니다"라고 했지요. 그 후 제가 학교에서 지나가면 저보고 "쟤가 꽃이 아니라고 한 애야"라고 하더라고요. 제 이름은 기억하지 못해도 '재, 꽃 아닌 애 있잖아'라고 불렀어요.

그때는 그랬던 거 같아요. 똑같이 시험 보고 학교에 들어왔는데도 여학생을 마치 예우해주는 듯이 말하면서 사실은 장식물처럼 대했다고나 할까요? '여학생이니까, 여자는 빠져', 이런 식으로요. 특히 외모나 옷차림과 관련해서 말이 많았고, 또 담배를 피우거나 저처럼 술을 잘 마시는 여학생들은 굉장히 구박을 받았지요. 그에 대한 반감 때문에 막걸리 집을 더 열심히 드나들어서 술이 많이 늘었던 것 같아요.(웃음) 그래서 저는 꽃 같은 얘기만 들으면 거의 알레르기 반응을 보였습니다.

마침 오늘이 5월 18일이네요. 제가 정류장에 내려서 올라오면서 '아, 오늘이 18일이구나' 생각하니 만감이 교차했어요. 저희 때는 5·18에 이렇게 캠퍼스가 조용한 적이 없었기 때문입니다. 〈5월의 노래〉라고 아세요? 저희 때 가장 많이 불렀던 노래였어요. 5월 한 달 내내, 혹은 거의 1년 내내 가장 많이 불렀던 노래가 있는데, 〈임을 위한 행진곡〉과 〈5월의 노래〉입니다.

가사가 '꽃잎처럼 금남로에 뿌려진 너의 붉은 피. 두부처럼 잘리워진 어여쁜 너의 젖가슴. 오월 그날이 다시 오면 우리 가슴에 붉은 피 솟네. 왜 쏘았지 왜 찔렀지…' 이렇게 이어지는 노래예요. 이 가사를 보세요. '두부처럼 잘리워진 어여쁜 너의 젖가슴'이 1절의 두 번째 구절에 나옵니다. 여러분 어떻게 느끼시나요? 사실 저는 이 노래에 관해서는 처음 이야기해봅니다. 제 친구들한테도 이 이야기를 한 적이 없어요. 왜냐면 나만 불편하게 느끼나 싶었기 때문입니다. 이런 루머가 정말 있기도 했지만 '5·18을 이야기하는 데에 여성 희생자에 대한 이런 비장한 표현을 나만 이상하게 느끼나?'하는 생각에 저는 노래할 때마다 저 가사가 좀 불편했어요.

제가 2학년일 때 학내 기관원이 서울대 여학생을 성폭행한 사건이 학교에서 벌어진 적이 있습니다. 그로 인해 굉장히 큰 시위가 일어나고 여학생들도 시위를 많이 했습니다. 남학생들도 물론 많이 했는데, 그때 '어떻게 우리 애들한테 이런 짓을 할 수 있느냐. 우리가 보호해야 할 내 식구들한테' 약간 이런 태도였지요. 그 사건의 피해자 상태에 대해 거의 죽으려고 한다는 식으로, 말하자면 살아도 산목숨이 아니라는 식으로 좀 드라마틱하게 과장했어요. 그 피해자를 남학생들이 보호하고 거둬야 한다는 뉘앙스였습니다.

그때 많이 불렀던 노래가 〈선봉에 서서〉라는 노래예요. 이 노래도 서울대에서 처음 불리기 시작해서 점점 확산된 민중가요 중 하나인데, 처음 가사가 이렇게 시작합니다. '선봉에 서서 하늘을 본다. 고향집 하늘 위에 굴뚝 연기가.' 그러다가 '투사가 되어 조국의 내일 이 몸과 이 혼으로 싸워 나가리. 오 어머니 당신의 아들 자랑스런…' 이렇게 이어져요. '오 어머니 당신의 아들'까지만 있고 딸은 없었습니다. 제가 이 노래를 거리에서 들은 기간을 다 합쳐서 최소한 10년은 될 텐데, 이 노래를 부를 때마다 항상 '오 어머니 당신의 아들' 다음에 그 자리에 있던 여성들만 '딸!'을 붙였어요. '오 어머니 당신의 아들' 그러면, 여성들이 '딸!'이라고 외치는 거예요.

궁색했습니다. 궁색하게 만드는 거지요. 그런데 100만 명이 모이나, 80명이 모이나, 50명이 모이나, 막걸리 집에서 5명이 모이나, 그 노래를 부를 때 '딸!'을 같이 외쳐주는 남학생은 아무도 없었어요. 나중에 술자리에서 남학생들에게 "왜 아들만 부르냐?"고 물었더니 어떤 남학생이 일종의 제유법이라고 설명을 했어요. 아들을 말하면 자식을 다 가리키는 거라며, 아들과 딸이 다 포함된다는 거예요. 그러면 여대에서는 그 노래를 부를 때 '오 어머니 당신의 딸' 이렇게 부르나요?

그런 식의 문화가 비일비재했습니다. '학살의 원흉이 대통령을 하고 있는데 그런 걸 따질 때냐. 아들이면 어떻고, 딸이면 어떻고, 손주 손녀면 어떠냐? 소소한 거로 시비 걸지 말자.'

이렇게 자꾸 이런 문제 제기가 묻히는 분위기였습니다. 이번에 5·18 성폭력 사건이 굉장히 긴 세월이 지나서야 얘기가 되고 있습니다. 여러분도 보도를 보았으면 아시겠지요. "그 얘기를 왜 이제야 하느냐"고 하니까 그 피해자분들이 뭐라고 그러셨어요? "왜 이제라니? 그동안 얘기할 때마다 지금은 이 얘기가 중요한 게 아니라고 넘어가 놓고서…" 이렇게 말씀을 하시는 거예요. 저희 때는 그런 일이 종종 있었습니다.

서울대 여학생이라는 것이 부끄러웠던 시대

제가 원래는 나름 순한 사람이었는데, 이 험한 남성 위주의 학교에서, 게다가 80년대 같은 분위기에서 학교를 다니다 보니 굉장히 거칠어졌습니다.

그 당시에 여대생, 특히 서울대 여학생이라고 하면 20대 여성 인구 중에 상위 0.001퍼센트에 들지 않을까요? 그때는 적어도 서울대를 졸업하면 어느 정도 기득권이 보장되는 계층에 진입한다는 생각이 있었습니다. 그래서 저는 여대생이라는 말을 안 썼어요. 그 말이 뭐랄까, 좀 창피하고 뭔가 잘난 척하는 것 같아 부끄러운 마음이 들었어요. 나는 그래도 운이 좋아서 중학교 졸업하자마자 공장을 가지 않아도 됐고, 학비를 대줄 수 있는 부모가 있었기에 나라에서 등록금을 많이 깎아주는 국립대에 들어왔는데, 이것이 내가 자랑하고 다닐 만한 일은 아니라고 생각했습니다. 특히 제 또래 여성 노동자들을 만난다거나 버스 안내양(그때는 차장이라고 불렀죠)이랑 마주치면 뭔가 좀 찔리는 느낌이 있었어요.

지금도 샤니빵이라고 있나요? 삼립에서 분사된 회사지요. 그 당시 샤니빵 공장이 성남에 있었는데, 너무 가혹하게 부당노동행위를 하고 노동자를 탄압하다 보니 여공들이 파업을 일으켰어요. 회사가 구사대를 동원해서 여공들을 때렸죠. 구사대는 민간 깡패예요. 같은 회사 직원일 수도 있고, 주로 남자 직원들이나 관리직 직원들이 나섭니다. 여공들이 구사대에게 피투성이가 되도록 사정없이 맞았고, 그러고 나서 노동자 몇 명이 저희에게 연대를 호소하러 온 거예요. 그때 그분들의 구호가 "피 묻은 샤니빵 사지도 먹지도 말자"였어요. 저는 빵을 좋아하는 빵순이지만 지금도 샤니빵을 안 먹습니다. 그 빵에 정말 피가 묻어 있을지도 모른다는 생각이 듭니다.

이 일을 계기로 저는 한국 사회에서 여대생, 서울대 학생이라는 위치에 대해 어떤 자괴감, 책임감, 미안함, 그런 것들을 느끼게 되었습니다. 그 이후로는 의도적으로 여대생이 아닌 것처럼 하고 다녔어요. 당연히 서울대 마크가 있는 서류 홀더나 볼펜 등은 다 버렸습니다. 지금 생각하면 그게 무슨 죄라고… 그런데 그때는 그런 것조차도 부끄러웠어요.

제가 4학년이 된 1985년 3월에 최초로 총학생회와 총여학생회, 단과대 여학생 회장을 직선으로 뽑았습니다. 그냥 추대를 하는 것이 아니라 최초로 직선제로 뽑힌 과여학생회, 단과대 여학생회, 총여학생회라는 시스템을 가지고 여학생회가 발족했습니다.

그전에는 학도호국단에 여학생부나 여학생회가 있었는데 미용 강좌, 교내 환경미화, 꽃씨 뿌리기, 가면 제작, 염색 강습 등을 했었어요. 당시 학도호국단은 정권의 홍위병 역할을 했던 조직이었지요.

제가 총여학생회 후보로 나왔을 때 만든 유인물을 이번에 강연을 준비하면서 처음 찾았어요. 포스터 같은 걸 만들고 싶었는데 돈도 장비도 없으니까 이렇게 손으로 전단지를 만들었죠. 일상적인 페미니즘 이슈보다는 반독재 민주화 운동의 일환으로서 혹은 여성 노동자나 여성 농민, 기층 여성들과 함께하는 지식인 여성으로서 우리가 해야 할 일들을 많이 강조했었습니다.

총여학생회장 활동을 하다가 직선제 개헌을 하자는 시위가 많아지면서, 저는 유관순 언니가 계셨던 서대문감옥에 들어갔다 나왔고 이후에는 구로공단에 가서 노동자가 됐습니다. 이때 제 하루 일당이 3,350원이었어요. 제가 입사하기 직전까지는 3,000원이었는데 그때 최저임금을 월 10만 원으로 해야 한다는 규정이 선포되면서 월 10만 원을 맞추기 위해 최저임금으로 3,350원을 받게 됐어요. 이 액수는 시급이 아니라 8시간의 일당입니다.

그때 구로동에 소위 닭장집이라고 조그만 단칸방들이 있는 데서 살았는데, 새벽까지 일하고 오면 맨날 연탄이 꺼져 있던 기억이 납니다. 연탄을 제때 안 갈면 꺼지니까 굉장히 추웠어요. 그렇게 구로공단 노동자로 일하다가 방송작가를 하게 되었습니다.

마흔 살, 울면서 오른 미국행 비행기

〈이제는 말할 수 있다〉라고 들어보셨나요? 현대사에서 잘 알려지지 않았던 사실을 발굴해서 보여주는 다큐멘터리 시리즈인데, 제가 방송작가를 하면서 그런 작업을 많이 했습니다. 사회학과 출신이라고 시사 다큐멘터리 프로그램을 많이 맡았어요.

과거 운동권 친구들하고는 거리를 두면서 제 일에 집중하며 살다가, 2000년을 앞두고는 학생운동을 열심히 했던 사람들이 이제는 정치를 좀 바꿔보자고 모였습니다. 386세대라는 용어가 많이 쓰이던 때였는데, 이 386들이 모든 학교를 망라해 모여서 '제3의 힘'이라는 단체를 만들었어요. 아마 지금 국회의원이나 지자체장을 하시는 분 중에 '제3의 힘' 출신이 꽤 많을 겁니다. 얼핏 보기에도 한 40~50명 정도 될 거예요. 저는 이 '제3의 힘' 일을 무척 열심히 했어요. 제가 직접 정치를 할 사람은 아니었지만, 이 일이 옳다고 생각했기 때문입니다.

그런데 '제3의 힘'이 하루아침에 쫄딱 망하는 일이 벌어집니다. 총선을 치른 직후에, 5·18 기념행사에 참여하러 광주에 갔던 386세대 의원이나 정치후보들이 행사가 끝난 뒤 선배들이 가자고 하니까 다들 따라서 룸살롱을 간 거예요. 이 사실이 폭로되면서 '어떻게 다른 사람들도 아니고 너희가 그럴 수 있느냐'고 공분이 일었습니다. '룸살롱 사건'으로 불리기도 합니다.

당시 한쪽에서는 술이 원수지 사람이 무슨 죄냐고 말하는 사람들이 있었습니다. 저는 조직적으로 사과하고 잘못을 빌어야 한다는 입장이었고 관련된 사람들을 '제3의 힘'에서 징계해야 한다고 주장했지만 합의에 이르지는 못했습니다. 결국 '제3의 힘'은 거의 해체되다시피 하고 흩어졌지요.

제게는 무척 큰 좌절이었어요. 그래도 우리 세대가 도덕성과 사명감을 가지고 세상을 조금 더 좋게 하는 데 기여할 수 있으리라 믿었고, 그것이 제 자부심이자 저의 기대였기 때문입니다. 이 사건이 벌어진 것도 황당하지만 이 사건이 벌어진 후 대충 무마하려는 의견도 적지 않아서 정말 많이 싸웠어요. "룸살롱

안 가본 사람 있냐?"는 식으로 두둔하는 남성 동료들이 많아서 저는 절망했습니다.

그때 제가 마흔 살이었는데, 다 때려치우고 다시는 이 거지 같은 나라에 돌아오지 않으리라고 마음먹고 미국으로 떠났습니다. 솔직히 공부를 하겠다는 엄청난 학구열 때문에 미국을 간 게 아니었습니다. 다분히 청산주의적인 마음이었지요.

아직도 미국에 가던 때가 기억나요. 인천에서 비행기를 타고 LA에서 갈아타는 노선이었는데 인천부터 LA까지 거의 5분도 안 쉬고 계속 울면서 갔어요. 그때는 무척 서러웠어요. 진짜 천하의 패배자가 돼서 추방당한 것 같은 느낌, 내가 그동안 왜 살았는지, 마흔 살이 되도록 내가 믿어왔던 건 무엇인지, 결국 이게 우리의 모습인 것인지… 무척 서럽더라고요. 그렇게 울고 가면서 '우리가 왜 실패했을까, 도대체 무엇이 잘못된 것일까?'에 대해 계속 생각했습니다.

학교 다니면서 같이 감옥에 가거나 고문당하거나 심지어 죽은 친구들, 선후배들을 저는 잊을 수가 없습니다. 그 일이 저한테는 굉장히 자랑스럽고 애틋한 기억이에요. 그런데 그렇게 많은 사람의 희생에도 불구하고 도대체 왜 이렇게 되었는지 모르겠다는 것이 저의 가장 큰 화두였습니다. 제가 이 나라로 다시는 돌아오지 않겠다며 떠날 때는 혼자였는데, 미국에서 결혼을 하고 아이를 키우면서 대학원 과정을 다녔어요. 그때 공부했던 새로운 사회운동론이 저한테는 엄청난 충격이었습니다. 기존의 제 생각을 하나하나 깨나가는 과정이었다고 할까요?

저는 철저하게 구조주의, 마르크스주의 등에 입각한 운동론을 주장했는데, 탈구조주의적 접근에 대해 감정적으로도 거부감이 굉장히 컸고 그만큼 고민도 많았습니다. 한 번은 세미나 중에 제 옆 동료가 저한테 "진순, 너는 참 이상하다. 왜 이런 세미나를 하면서 그렇게 화를 내니?"라고 묻더라고요. 사회운동의 패러다임을 바꾸는 것이 저에게는 굉장히 큰 체질 전환이었기 때문에, 속으로 '네가 뭘 안다고 그래, 네가 감옥에 가봤어? 돌 맞아서 피 흘리는 사람 봤어?' 이런 생각들이 자꾸 떠오른 거예요. 제가 워낙 늦게 유학을 갔으니 저보다 나이가 젊은 교수님들도 있었거든요.

뭔가 '입으로 다 한다'는 거부감이 컸지만 돌아서서 생각하면 분명히 제가 놓치고 있던 게 있었지요. 특히 권력에 대한 접근 방식에서 새로운 시각을 가지게 된 것은 제게 아주 큰 전환점이었습니다. 그러니까 계급 모순, 민족 모순과 같은 기본 모순으로 인간과 인간관계를 규정할 수 있는 것이 아니라, 권력이라는 것이 모든 곳에 존재하고 또 모든 인간관계에서 권력관계나 갈등이 생길 수 있다는 점이 새로웠습니다.

'그래서 내가 남학생들이나 남자 선배들과의 관계들 속에서 그렇게 괴로웠던 거구나' 깨달음이 있었습니다. 공장에 다닐 때도 저는 자본가하고만 싸워야 한다고 생각했는데 오히려 저를 더 괴롭힌 사람은 제가 속한 조의 여자 조장이었거든요. 그래서 이 사람은 나의 동지이고 같은 노동자 계급인데 싸워서는 안 된다고 생각했던 것, 그런 기억을 다시금 반추하거나 재해석하면서 끙끙대고 공부를 했습니다.

학위를 마치고 버지니아에 있는 작은 대학에서 디지털 저널리즘 커뮤니케이션 교수로 있었습니다. 그때 저는 인터넷 액티비즘(E-Activism), 인터넷 기반의 시민운동, 시티즌 저널리즘, 젠더와 전쟁, 디지털 민주주의, 시민운동의 새로운 흐름, 인터넷 정치(E-Politics) 등을 가르쳤습니다. 디지털 기반 사회에서 기본적인 시민운동 혹은 정치, 시민참여의 지형이 어떻게 달라지는가가 저의 관심사였어요. 이를 계기로 예전에 제가 가졌던 생각, 즉 대중은 교육하고 의식화하고 조직화하는 대상이라는 엘리트 중심적인 운동관에 대해서 심각하게 돌아보게 되었습니다.

이렇게 미국에만 있다 보니 현장에서 뭔가를 하고 싶다는 생각이 많이 들더라고요. 계속 귀국하고 싶었어요. 어떻게 하면 돌아올까 기회를 보다가 어느 순간 '아 그냥 오면 되겠구나' 싶어서 돌아왔습니다. 여기 와서 뭘 하겠다거나, 어떤 지위를 보장받거나 그런 기약도 없이 그냥 왔어요.

귀국 후 처음에는 희망제작소에 잠깐 있다가 이후 '와글'이라는 정치 벤처회사를 만들었습니다. 저의 화두는 '다른 상상력으로 다른 프로세스를 꿈꿀 수는 없을까?'였습니다. 정치든, 시민운동이든, 과거의 위계관계에 입각한 조직이 아니라 개인과 개인의 유연하고 수평적인 네트워크, 공개하고 공유하는 네트워크, 소수 엘리트 중심이 아닌 많은 사람의 힘으로 견인되는 운동이 트렌드라고 생각합니다. 강남역 화장실 살인사건 이후 나타난 대규모 추모운동 등은 이런 추세를 증명하는 사례이지요.

듣도 보도 못한 정치

2015년에 처음 와글을 만들 때는 정치 스타트업 형태로 만들었고 2017년에 비영리재단법인으로 바꿨습니다. 저희의 모토는 "보통사람들이 만드는 더 나은 민주주의"입니다. 와글이란 이름은 말 그대로 '와글와글 떠든다' 할 때의 그 와글입니다. 와글이란 한글 이름에 더해서 영어 이름도 붙였어요. 『We All Govern』이라는 책 제목에서 착안하여 'We All Govern Lab'이라고 불렀습니다. 우리가 추구하는 것은 개방과 공유와 연결입니다.

그들만의 리그나 폐쇄된 밀실 논의로 거래되는 정치가 아니고, 누구나 참여할 수 있는 투명하고 열린 민주주의가 필요합니다. 말 잘하거나 더 많이 배운 사람만이 앞에 나서는 게 아니라, 말을 잘하든 못하든, 늙었든 젊었든, 많이 배웠든 적게 배웠든, 누구나 서로 연결돼 와글와글 떠들 수 있도록요. 모두의 의견이 소중하게 경청되고 다 함께 숙의 끝에 해답을 얻는, 그런 민주주의가 더 나은 민주주의라고 생각합니다. 이를 위해 권력의 분산과 수평적인 권력 관계, 이런 것들이 매우 중요하지요.

제가 와글에 입사한 친구들과 디지털 기반에서 시민참여로 정치 지형을 바꾼 여러 나라의 사례들을 모아서 『듣도 보도 못한 정치』라는 책을 냈어요. 이 책에서는 일례로 이탈리아 오성운동(Movimento 5 Stelle)에 대해 소개하고 있습니다. 오성운동은 새로운 신생 정당인데 들어보셨나요? 제가 오성운동을 얘기한 적이 있는데, 나중에 어떤 분이 "아, 그때 그 칠성운동 재미있었다"고 말씀하시더라고요. 칠성이 아니라 오성(five star)이고요. 정파나 이데올로기와 관계없이 시민들이 정말 원하는 다섯 가지 이슈를 해결하겠다는, 일종의 프로젝트 정당 같은 느낌의 이름입니다.

오성운동은 직업 정치인을 매우 신랄하게 비판하고 또 특권을 타파해야 한다고 생각합니다. 이 정당에서는 삼선을 금지하고, 후보 경선 때도 오프라인 토론회나 행사에 후보가 나가면 자격을 박탈합니다. 후보 경선도 투표도 모두 온라인으로만 해야 합니다. 오프라인으로 하면 돈이나 경력, 조직이 있는 사람한테 유리하기 때문입니다. 이 정당에 정치 신인들이 많이 들어갔고 실제로 지금도 유력한 정당 활동을 하고 있습니다.

스페인 포데모스(Podemos) 역시 2011년에 시작한 스페인의 '분노한 사람들(Indignados)' 운동에서 유래한 정당입니다. 우리 촛불항쟁처럼 거기서도 많은 시민들이 광장을 꽉 채우고 몇날 며칠 동안 시위를 했지요. 그런데 막상 그해 있었던 총선에서 하나도 안 바뀌고 기존 정당들이 그대로 의석을 가져갔어요. 그래서 처음에 거리에 나섰던 사람들, '나는 정치에 관심 없어, 나는 순수한 시민 항쟁만 할 거야. 내가 뭐 정치하려고 저기 나갔나? 우리는 순수한 시민의 목소리를 전하러 갔지'라고 생각했던 사람들이 크게 반성을 했대요. 그들이 '안 되겠다. 우리가 직접 정당을 만들자'고 해서 만든 것이 포데모스입니다. 포데모스는 'We can do(우리는 할 수 있다)'를 뜻합니다.

전국정당인 포데모스의 결성과 함께 스페인의 주요 대도시에서도 새로운 시민연합정당들이 속속 결성되는데, 그중에서도 특히 제가 열렬히 사모하는 분이 '바르셀로나 엔 코뮤(Barcelona en Commú)'라는 지역정당을 결성해서 바르셀로나시의 첫 여성 시장이 된 아다 콜라우입니다. DMZ 국제다큐영화제에 아다 콜라우 관련 다큐멘터리가 상영된다기에 제가 패널로 토론까지 할 만큼 너무 좋아하는 분이에요. 이분을 보러 바르셀로나에 직접 가기까지 했는데 안타깝게 못 뵙고 선물만

전해주고 왔습니다. 원래는 주거운동을 하는 여성 활동가로, 아들 하나 낳고 아르바이트를 하는 그냥 평범한 가정주부였어요. 그런데 주거운동을 하다가 새로운 정당을 만드는 데 참여해서 과거 정치인들과 전혀 다른 방식으로 선거운동을 하고 기금을 모았습니다.

이분의 연설을 보면 깜짝 놀라실 거예요. 너무 못해요. 연설할 때 한 자리에 서 있지 않고 좀 정리가 안 돼 있어요. 프로 연설가는 아니라는 게 바로 드러나는데 그래도 그 진정성이 느껴져요. 닳고 닳은 정치 연설이 아니에요. 제가 굉장히 좋아하는 이분의 연설 중에 이런 내용이 있습니다.

"우리는 어린이입니다. 어떤 환경에서든 내일을 꿈꾸는 어린이입니다. 우리는 여성입니다. 우리는 노인입니다. … 우리는 장애인입니다." 계속 들으면 들을수록 울컥하게 만드는, 그런 진심이 통하는 거죠. 이분이 'feminized politics'라는 표현을 썼어요. 정치가 지금보다 훨씬 더 여성화해야 한다는 뜻입니다. 제가 한동안 'feminized politics'라는 개념을 가지고 말하는 분이 있나 찾았는데 못 찾았거든요. 우리 사회에서는 오히려 그렇게 젠더 개념을 써서 정치를 얘기하는 것 자체가 좀 편견일 수 있다고 생각하는 분들도 계신 것 같아요. 아다 콜라우가 'feminized politics'라는 말을 쓸 때는 기존의 위계에 의한, 권력에 의한, 상명하복의 정치가 아닌, 공유하고 연대하고 공감하고 소통하는 그런 정치를 뜻한다고 해요.

이분이 시장이 되기 전 퇴거 반대 운동을 하며 속치마 차림으로 버티다가 경찰한테 끌려 나온 적이 있었어요. 그런데 그로부터 몇 달 뒤에 경찰의 수장인 시장이 되었습니다. 어떻게 됐을까요? 바르셀로나 시청에서 시민참여국 일을 하는 친구를 만나서 들은 바에 의하면, 시민참여국 사람들은 마치 섬과 같대요. 경찰까지 포함해서 공무원이 한 2만 명 되는데, 그중에는 심지어 프랑코 총통을 좋아하던 파시스트들도 있다고 합니다. 아다 콜라우를 따라 들어온 사람은 불과 몇십 명뿐이죠. 아다 콜라우가 어떤 상임위를 가든 질문이 100개씩 쏟아진다고 합니다. 그런 상황을 매일매일 버티며 늘 싸워간다고 하고요. 시민들의 열화와 같은 신뢰가 있는 덕분에 버틸 수 있었다고 해요. 시민들의 신뢰를 얻는 방법은 모든 의사결정 과정을 투명하게 하는 것입니다. 후보 선출부터 모든 것을 다 투명하게 온라인으로 보여주는 거죠.

이런 사례들을 소개한 책이 아까 말씀드린 『듣도 보도 못한 정치』예요. 이런 얘기를 하면 과거에 저랑 같이 민주화 운동을 했던 나이 드신 우리 아저씨들께서 "너는 정치를 너무 몰라, 정치는 그런 게 아니야"라고 하십니다. 하도 그러기에 '너희가 듣도 보도 못한 정치도 있는 거야'라는 의미에서 『듣도 보도 못한 정치』라는 제목을 붙였습니다.

와글와글 쏟아낸 새로운 시도들

와글은 책을 내는 한편, 온라인 기반의 시민참여 플랫폼 서비스 등을 제공하기도 했습니다. 2016년 2월에 국회에서 필리버스터를 시작했을 때는 필리버스터닷미(filibuster.me)라는 시민참여 플랫폼 서비스를 제공했습니다. 당시 국회의장이 직권상정한 테러방지법 법안 표결을 막기 위해 필리버스터가 이어지는데, 시민들에게 의원들 입을 빌려 하고 싶은 얘기를 적으라고 했습니다. 그러니까 의원들 연설문을 우리가 쓰자는 거예요. 아무거나 읽지 말고 우리가 써줄 테니 그 글을 읽어달라는 것입니다. 원래 국회의원들은 시민들이 하고 싶은 말을 대신 해주는 사람이잖아요.

필리버스터에 찬성하든 반대하든 어떤 의견이든 상관없으니 자유롭게 써달라고 했는데, 필리버스터가 개회한 2월 24일부터 3월 2일까지 총 192시간 동안 이 사이트의 방문자 수가 30만 명이었어요. 연설문 원고가 3만 8,000건 정도 들어왔는데 그중에 악플은 얼마나 됐을까요? 로그인 절차도 없었거든요. 보안상 신원 노출을 꺼릴 것이고, 또 안건 자체가 테러방지법이라 사이버테러방지법 관련 내용도 들어갈 수 있는 상황이어서 로그인 절차를 따로 만들지 않았어요. 그냥 묻지도 따지지도 않고 쓰고 싶은 내용을 다 쓰라고 했어요. 놀랍게도 악플이 한 건도 없었습니다. 왜 악플이 없었을까요? 실제로 국회의원들이 그 사이트의 글을 읽는 모습을 봤거든요. 일곱 명의 국회의원이 그것을 읽었어요.

글쓴이 이름을 밝히라고 하지 않았기 때문에, 아이디도 '2124번째 주자 국민님', '자몽이 누나님', 이런 식으로 닉네임을 붙였습니다. 어떤 닉네임은 '박근혜가 책상을 탕탕쳐님'인데, 국회의원들이 필리버스터 중이 이 아이디까지 포함해서 글을 그대로 읽었어요.

우리나라의 민주주의에 대해 "우리는 국민 수준이 낮아서 안 된다. 교육이 잘못돼서 중우정치로 갈 수 있다. 우리는 유럽이 아니지 않냐. 시민교육 제대로 받아본 적 없다" 등등 여러 의견이 많았습니다. 그러나 자기 의사가 어떤 식으로든 반영될 수 있고 또 그것이 바로 눈으로 확인된다고 생각하면, 시민들은 놀라울 정도로 차분하고 논리적이고 합리적으로 변합니다.

20대 총선을 앞두고는, 핑코리아(pingkorea.com)라고 유권자들이 간단하게 핸드폰으로 접속해서 네 분야의 문항에 응답을 하고 그 결과에 따라 자신과 가장 가까운 당을 찾을 수 있는 서비스를 만들었습니다. 이 서비스는 주로 35세 이하 2030세대를 겨냥해서 만들었지요. 일간베스트나 오늘의 유머 사이트에서도 많이 공유했어요. 그런데 일베에서는 자신의 결과를 보고 "너무 기분 나빠. 난 자유한국당이라고 생각했는데 왜 정의당이

나오는 거야?"라며 욕하기도 하고, 또 "도대체 녹색당이 뭐니? 아는 사람? 나 녹색당이라고 처음 들어봐. 왜 그런 게 나왔지?" 라고 말하는 사람도 있었습니다. 그 후로 유사한 서비스들이 많아졌지만, 저는 우리가 처음으로 19대 의정 기록들을 다 뒤져서 제대로 만들었다고 자부합니다.

국회톡톡(toktok.io)이라는 시민입법 플랫폼도 있습니다.(국내 최초 온라인 시민입법 플랫폼 국회톡톡은 국회 국민동의청원 사이트가 개설되면서 2020년 1월 28일로 서비스가 종료되었고 현재 아카이빙 사이트로 전환되었음-편집자) 우리나라에서 국민들이 법안을 발의할 수 있나요? 없어요. 이번에 대통령 개헌안이나 국회개헌특위에서 국민발안제를 넣자고 제안했는데 통과가 안 됐어요. 우리 국민들이 직접 법안을 제안할 수 있는 권한이 없으니 어떤 일이 벌어지는지 아세요?

여러분 '세월호 특별법' 때 생각나세요? 입법청원 때 600만 명인가가 서명했는데 그 600만 명이 서명한 서명용지가 다 어디로 갔는지 아무도 모릅니다. 물어봐도 몰라요. 그러니까 국민들이 아무리 입법청원 서명을 해도 국회의원들이 그걸 발의해야 할 책임이 없어요. 그냥 청원, 민원이고 탄원일 뿐입니다. 이렇게 우리나라 법률상 국민이 직접 법을 발안할 수 있는 권한이 없기에, 시민입법 플랫폼을 만든 겁니다.

제가 국회의원들을 다 좋아하지는 않지만 '그래도 국회의원

300명 중에 제대로 일하려는 사람들이 왜 없겠나' 싶어서 시작했어요. 아까 필리버스터에 국민들이 연설문을 직접 내는 것처럼 이러이러한 법을 만들어 달라고 지금 국민청원이랑 비슷하게 제안을 올립니다. 그 제안에 참여자 수가 1,000명 이상이 되면 그 안건의 주제와 관련된 법안을 심의하는 국회상임위원회 국회의원들한테 우리가 일괄적으로 이메일을 보냅니다. 원하

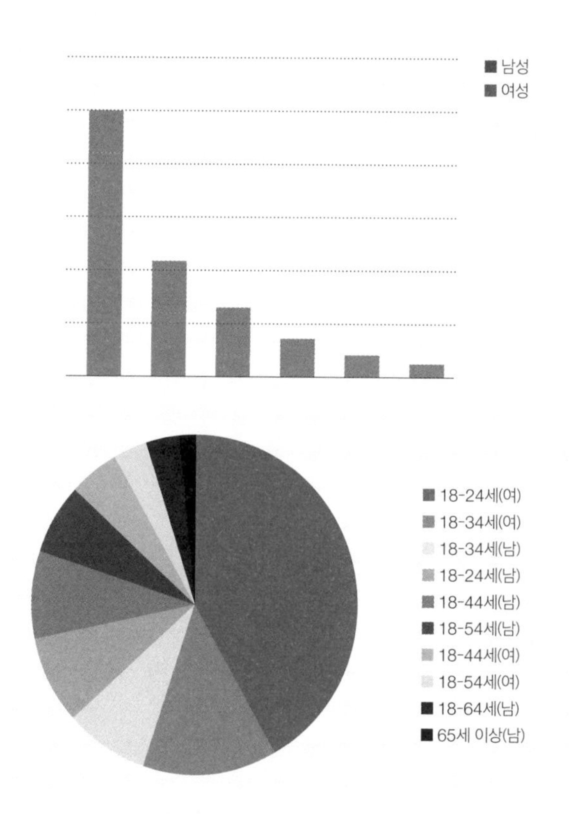

국회톡톡 이용자 현황

는 입법을 할지 말지에 대해 2주 안에 답을 달라고요.

그런데 단지 민간단체에 불과한 저희에게 제대로 대답을 하겠어요? 저희의 옵션은 세 개예요. 찬성, 반대, 무응답. 무응답은 국회의원이 선택하는 옵션에는 없어요. 그냥 답이 없으면 우리가 무응답이라고 딱지를 붙여주는 거예요. 적어도 국회의원은 국민에게 자기가 이 사안에 대해 찬성하는지 반대하는지를 밝혀주는 게 도리라고 생각합니다. 그렇지 않습니까? 물어보면 당연히 얘기를 해줘야 될 거 아니에요. 그래야 그 사람을 상대로 합법적인 청원운동을 계속할지 안 할지 결정할 것 아닙니까?

우리가 보낸 입법안에 관심을 보이고 하겠다는 의원들이 생기면 정당과 무관하게, 그 의원들과 거기 참여하겠다는 일반 시민들을 짝지어서 팀을 만들고 그들이 새로운 입법운동의 주체가 됩니다. 국회에서 간담회를 하거나 1단계, 2단계를 거쳐 입법 활동을 하지요. 이렇게 진행된 활동 중 디지털 몰카방지법 제안이 있습니다. 이 제안이 국회톡톡에 제일 먼저 올라오면서 이슈가 됐어요. '몰카 해방의 날'도 국회에서 했던 행사인데, 참여한 시민들이 얼굴 이 드러나는 것을 걱정해서 모두 다 얼굴을 반쯤 가리고 했습니다.

신입사원 연차휴가를 보장해 달라는 제안도 있었습니다. 원래 입사 1년이 되기까지는 연차휴가를 못 쓰게 돼 있어요. 누가 이 제안을 했을 때 저는 젊은 세대 신입사원들이 많이 호응할 줄 알았는데 의외였어요. 국회의원회관에서 오프라인 모임을 했는데, 오신 분들의 3분의 2가 일하는 엄마들이에요. 아이 때문에 경력이 단절됐던 엄마들인데, 쉬었다가 재취업을 하면 신입사원이 됩니다. 이 엄마들의 애들은 언제든지 아플 수 있는 나이여서, 연차휴가를 제대로 못 쓴다는 것은 눈물 나는 일이에요. 이날 각자 자기 사례를 말하는데 다 눈물바다가 되었어요. 한 엄마가 울면 따라 울면서, "왜 하필 꼭 그럴 때 수족구, 아이들은 꼭 그런 병에 걸리는지… 아, 수족구" 이러면서 같이 울었어요.

국회톡톡을 통해 국회의원 이름으로 법안 발의가 돼서 계류 중인 법, 이미 통과된 법 등이 있습니다. 실제로 아기를 키우는 어떤 엄마의 제안에 의해 노동법이 바뀐 사례도 있어요. 이 엄마가 입법을 위해 의견을 펴다 나른 커뮤니티가 페이스북에 있는 '육아당', '정치하는 엄마', '레몬테라스'입니다.

2030, 너의 이야기를 해봐

국회톡톡의 이용자 현황을 보면 단연 18세에서 24세까지의 여성들이 높은 비중을 차지합니다. 제가 이 내용을 지방자치단체나 정당에 가서 얘기하면 다들 아주 놀라요. 이 여성층은 정당 관계자분들로서는 정말 가까이하기 어려운 주체들이거든요. 국회톡톡 이용자 중 두 번째로 많은 범주가 23~34세 여성입니다. 그리고 남성들이 좀 있고, 35~44세 여성의 수도 상당합니다. 이 세 범주를 합치면 약 3분의 2쯤 되지 않을까요? 20대, 30대 여성들이 국회톡톡 이용자의 3분의 2를 차지한다는 얘기예요. 왜 그럴까요? 국회톡톡이 특히 2030 여성들에게 마케팅을 잘 해서? 저는 이 구조가 아주 정상이라고 생각합니다.

우리나라 사람들이 '나 이거 억울해. 이거 좀 알아봐야겠어. 이거 바꿀 수 없나?'라고 민원을 넣으려고 할 때 처음에 뭘 찾을 것 같으세요? 아는 사람입니다. 관공서에 있는 아는 사람을 찾지요. 그런데 2030 여성들은 아는 사람 네트워크가 가장 빈곤한, 말하자면 정치적 소수자입니다. 그러니까 이렇게 떼를 지어서 공개적으로 뭔가 제안하고 같이 뭉치는 방식이 가장 빠른 길이라고 생각한 것입니다. 국회톡톡에는 특히 2030 여성들이 올리는 법안 제안 건들이 많습니다. 저는 와글이 이런 힘을 모은다고 생각해요. 와글은 주로 청년이나 청소년 세대의 리더십을 양성하는 일을 합니다.

2017년 청년 여름캠프 때 28명이 참여했는데, 그 캠프는 2018년 지방선거를 겨냥해서 열었습니다. 참여자 28명 중에서 일곱 명이 2018년 지방선거에 출마했습니다. 그동안 지방선거기초의원 전체 3,500명 중에 20대는 두 명뿐이었어요. 그러니까 20~30대에서 지방선거에 일곱 명이 출마했다는 것은 어마어마한 일이지요.(강연 이후, 일곱 명 출마자 중 세 명이 당선됐습니다.-편집자) 그것도 경험이라고 저는 생각합니다. 나머지 참여자들은 지금 캠프에서 출마한 사람을 돕는 일을 하고 있어요.

청년 여름캠프 참여자들이 즉석에서 낸 아이디어로 기획팀을 꾸려서 '청치펀딩' 작업도 진행하고 있습니다. '청치'는 청년정치의 준말이고요. 이번에 지방선거에 나오는 청년 후보자들을 위한 크라우드 펀딩을 하자는 거예요. 청년들은 지속해서 자기소개를 하고, 이런 청년들이 정치를 하도록 밀어줘야겠다고 생각하는 사람들은 투자할 수 있도록 연결하는 거죠.

2018년 8월에도 두 개의 캠프를 계획하고 있습니다. 하나는 청년 정치캠프로 캠프 프로그램 과정을 제대로 이수한 사람들에게 국회 인턴 자리를 만들어주려고 합니다. 말하자면 저희가 제공하는 일종의 펠로우십(Fellowship)인 셈이죠. 그분들께 들어가는 인턴 비용은 저희가 지불하되, 디지털 시민참여와 관련된 공동 프로젝트를 맡겨볼 생각을 하고 있습니다. 이런 기회에 무엇보다 여성 여러분, 여학생 여러분의 많은 참여가 있으면 좋겠어요.

또 다른 캠프는 러시아로 갑니다. 러시아, 중국, 북한의 국경이 맞닿는 핫산 지역을 중심으로 블라디보스토크, 중국의 훈춘까지 다니면서 청년 평화캠프를 진행합니다. 지금 청년 세대가 새로운 통일 시대의 주역이 될 거잖아요. 그런데 막상 통일에 대해서 어떻게 생각하는지 젊은 친구들에게 물어보면 다들 걱정이 많아요. 치안이 걱정된다고 말하는 친구부터 청년 일자리가 더 없어질 거라거나 부익부빈익빈이 심화되지 않을까 염려합니다.

그런데 그런 문제는 숙명적으로 생각할 것이 아니라 아직 열린 국면에서 민간주체들이 활발하게 목소리를 내서 원하는 방향으로 끌고 나가야 한다고 생각해요. 지금은 그럴 시기라고 봅니다. 그래서 이런 이야기를 함께 심도 깊게 나누는 청년 평화캠프를 열려고 합니다. 와글 페이스북을 팔로우해서 계속 이런 소식에 관심 가지고 귀 기울여주세요.

모소대나무처럼

오늘 마지막 이야기가 될 듯한데, 여러분 모소대나무를 아시나요? 중국 극동 지방에 가면 대나무종 중에 모소대나무라는 게 있다고 합니다. 이게 씨앗도 볼품없이 얇으면서 길게 생겼는데, 씨를 뿌리면 4년 동안 3센티미터만 자란답니다. 거의 안 자라는 거예요. 농부들이 가서 가꿔주고 아무리 보살펴도 그 정도밖에 안 자란대요. 그러다가 5년째가 되면 비가 온 뒤 갑자기 온 숲에 대나무들이 쭉쭉 자라기 시작해서 심지어 하루에 30센티미터씩 자라고, 6주 안에 15미터가 자란답니다. 그러니까 아무것도 없이 3~4센티미터짜리 죽순만 있던 대나무 밭이 갑자기 울창한 대나무 숲으로 변해버리는 거지요. 그러면 이 대나무는 4년 동안 무엇을 했을까요? 그냥 잤을까요?

모소대나무는 겉으로는 드러나지 않지만 땅 밑에서 열심히 그 가느다란 실뿌리들을 뻗으며 서로 얽히고 지탱하면서 숲을 만들 준비를 해온 것이죠. 저는 꽃을 별로 안 좋아하고 꽃에 대한 트라우마가 있기 때문에, 우리를 꽃이라고 부르지 말자고 하고 싶어요. 차라리 꽃이 아닌 것이 좋습니다. 꽃보다는 모소대나무처럼 가느다란 뿌리끼리 얽혀 있다가 어느 날 준비가 되면 여럿이 한꺼번에 일어날 수 있는 그런 씨앗이면 좋겠다는 생각입니다.

Q & A

1

80년대 민주화 운동과 노동 운동에 직접 참여하셨잖아요. 구로공단에 노동자로 일하던 때나 시위할 때 혹시 불이익을 받지는 않으셨는지요? 불이익을 받으셨다면 그럼에도 운동을 계속하신 이유는 무엇이었을까요?

솔직히 말씀드려서 저는 시위하는 게 되게 무서웠어요. 최루탄 빵빵 터지는 소리가 굉장히 커요. 직격탄에 잘못 맞으면 이한열 열사처럼 죽거나 다치는 경우도 있어서 그 자체가 일단 무섭지요. 그리고 잡혔을 때 여학생이라고 봐주지 않거든요. 굉장히 많이 맞은 적도 있고요. 저는 심지어 학교 졸업하고 구로공단에서 일할 때는 납치된 적도 있어요. 치안본부에 눈 가리고 잡혀갔었죠. 무섭지요. 갔다 와서도 한동안 그 트라우마로 고생할 정도로 무서웠어요. 제가 치안본부에 납치됐다가 나왔을 때는 한 달 동안 계속 설사를 해서 몸무게가 38킬로그램 정도까지 빠진 적도 있어요.

89년인지 90년인지, 그때는 박종철 사건이 난 뒤여서 대놓고 고문은 안 했어요. 수사실에 욕조 있던 자리에서 욕조를 뜯어내서 거기만 비워두고 나머지는 예전과 똑같았어요. 제가 묵비권을 행사하니까 형사들이 밤새 볼펜을 톡톡톡 쳤어요. 여럿

이서 돌아가면서 치는 거예요. 저는 혼자 잠도 못 자고 있으니 환청이 계속 들리더라고요. 어딜 가도 톡톡톡 소리가 들렸어요. 저는 그렇게 많이 맞거나 전기고문을 당한 것도 아니지만 무서웠어요. 아시다시피 우리 때는 성고문도 있었습니다.

그런데도 왜 운동을 계속 했냐고요? 안 하고 지내는 것이 더 불편했기 때문이에요. 저도 몇 번이나 운동을 그만두려고 시도했어요. 서클에도 그만둔다고 하고, 휴학할까도 생각하고, 적당히 빠져나갈 방법은 많이 있었어요. 그런데 '이제 정말 잘 졸업해야지'라고 마음먹을 때마다 텔레비전을 켜면 뉴스가 나오는데 전두환이 항상 뉴스 첫 꼭지나 둘째 꼭지에 나왔거든요. '땡땡땡 뿌우, 9시를 알려드립니다' 하고 나면 어김없이 '오늘 전두환 대통령께서는…' 이렇게 시작을 해서 그때 '땡전뉴스'라고 불렀어요. 그때 뉴스를 그렇게 시작하지만 않았어도 제가 마음을 고쳐먹을 수 있었을지 모르겠습니다.

'다시 태어나도 그때처럼 할 수 있을까' 생각해보면 당연히 안 하고 싶을 거 같아요. 그런데 아마 여러분도 그때라면 저처럼 할 수밖에 없었겠구나, 그런 생각도 들어요. 제 이야기를 듣고 지금 상황을 비교하면서 여러분이 "우린 그렇게 못 하는데 예전에 선배들은 그랬구나" 하고 위화감을 느낄 일은 아니라는 겁니다. 저는 그때 그 시절의 경험이 그랬기 때문에 어쩔 수 없었던 거니까요.

2

페미니즘 내부의 의견 차이에 대해서 어떻게 대처해야 하나요?

제가 이 얘기는 꼭 드려야 될 것 같아요. 페미니즘, 젠더 문제에 관심 있는 여성들 혹은 같은 여성들 안에서 뭔가 함께 일을 해 보려고 하거나 이슈를 만들려고 할 때 서로 싸워서 의가 상하는 경우가 아주 많아요.

사실 저는 좀 안타깝게 생각합니다. 솔직히 말씀드리면, 과도하게 예민하다고 할까? 지금은 신경이 너무나 곤두서 있는 거예요. 저는 그것이 여러분 잘못이라고 생각하진 않아요. 왜냐면 사회운동의 초기 단계에서는 그 누구도 이해해주고 허용해주고 크게 판을 키워서 하고 싶은 말을 다 하라고 격려해주지 않습니다. 그래서 들어주지 않고 외면받는 이슈를 처음으로 제기하는 사람들은 어디서도 제대로 이해받고 공감받지 못한다는 분노, 서글픔, 억울함 때문에 공격적으로 변하기 쉽죠.

제가 여학생회 운동을 했을 때 그랬다고 생각해요. 그것 때문에 애꿎은 남자친구랑 헤어진 적도 많아요. 난 너의 젠더가 싫어, 가까이 오지 마, 너도 다 똑같은 놈이야, 이런 식으로 굉장히 공격적이었죠. 하지만 여러분도 다 알다시피 공격성이나 분노만으로는 문제를 해결하지 못해요. 결국은 우리가 더 많은 사람을 설득하고 공감시켜서 그 사람들이 같이 나서야만 문제가 해결되기 때문입니다.

특히 운동이 초기 단계고 수가 적고 세력이 약할수록 내분이 많아져요. 누가 더 선명한가, 누가 더 현실적인가, 누가 더 비타협적인가, 사람마다 기준은 다 다르거든요. 이런 문제로 싸우다가 스스로 지쳐버리는 경우가 너무 많잖아요. 우리 때도 여학생 내부에서 그런 문제가 있었고 정파조직들 간에도 비슷한 갈등이 있었어요.

그런데 결국 크게 보면 그때 싸운 분들이랑 또다시 같이해야 하거든요. 이번에 싸웠다 하더라도 시간이 지난 뒤 둘러보면 그래도 같이할 수 있는 사람이 그들밖에 없어요. 그러니 싸울 땐 싸우더라도 인간적으로 척지지 않는 여유, 그런 지혜로움이 필요하다는 생각이 듭니다. 저희 때는 정파 간에 의견이 달라도 누군가에게 무슨 일이 생기면 우르르 몰려갔거든요. 적어도 우리가 여성적 감수성으로 운동을 하고자 한다면 그런 포용과 관용, 연대가 중요하다고 봅니다. 마음의 여유를 갖고 사람 자체를 미워하지 말고, 조금씩 여지를 남기면 결국은 그때 그 사람들을 어느 지점에서 다시 만나게 되지 않을까요? 인생은 길기에 꼭 그랬으면 좋겠어요.

3

위계가 아닌 수평적 연대와 공감, 소통의 가치, 이런 것들이 중요하다고 하잖아요. 하지만 정치적 의견이 극단적으로 나뉘어서 서로 소통이 안 되는 경우도 있는데 이럴 때는 어떻게 하나요?

디지털 기반의 공론장이나 온라인 커뮤니케이션이 민주적 토론이나 숙의적인 합의를 끌어내는 데 도움이 되느냐에 대한 논쟁은 분명 있습니다. 한쪽에서는 정치적 양극화를 부른다거나 사이버 발칸화(Balkanization, 여기저기서 국지적으로 싸우는 현상)가 심해진다는 의견도 있고요. 특히 요즘 문제가 되는 것으로 필터 버블(Filter Bubble, 이용자의 관심사에 맞춰 필터링된 정보로 인해 편향된 정보에 갇히는 현상)이 꼽히는데 들어보셨나요?

페이스북이나 온라인 커뮤니티를 자신과 성향이 비슷한 사람들과만 공유하다 보니, 세상이 다 자기처럼 생각하는 줄 안다는 거잖아요. 보통 생각이 보수적인 나이 드신 분들 카톡방을 보면 전 국민의 98퍼센트가 자신과 같은 생각을 하는 것처럼 말을 합니다. 젊은 분들도 내 주변에서는 박근혜 후보가 대통령이 되는 것을 98.9퍼센트가 반대했는데 어떻게 당선됐는지 이해할 수 없다고 말하는 분들이 많거든요.

저는 항상 기술이 문제를 해결해주진 못한다고 생각합니다. 기술은 기본적으로 자본의 필요에 의해서 개발되지요. 그러나 인간이 그 기술을 어떤 방식으로 차용하고 적용하느냐에 따라서 우리가 좋은 목적으로 사용할 수 있습니다. 필터버블의 여러 문제가 제기되면서 그런 문제를 극복하도록 정기적으로 나와 다른 성향의 뉴스가 내 페이스북 담벼락에 뜰 수 있게 하는 서비스도 만들어지고 있어요. 기술 자체가 문제를 해결해주는 것은 아니기에 온라인이든 오프라인이든 인간이 할 수 있는 모든 걸 해보는 것 외에 다른 방법이 없다고 생각해요.

저는 지난번 신고리 5, 6호기 공론화위원회와 국민헌법자문특위의 시민참여 분과에서 시민들의 숙의형 토론회에 참여했어요. 그때 시민들의 모습에 정말 깜짝 놀랐고 많이 감동받았어요. 보통 이 토론회가 주말 아침 11시에 시작해서 오후 6시 30분에 끝나요. 7시간 30분 동안 한자리에서 토론하라고 하면 그게 쉽겠어요? 점심시간이나 쉬는 시간이 잠깐씩 있을 뿐인데도 시작할 때부터 끝날 때까지 중간에 자리를 뜬 사람을 못 봤습니다. 심지어 쉬는 시간에도 자리를 뜨지 않고 계속 앉아서 토론을 했어요. 나중에 지하철 타고 가다 보니까 지하철에서도 같은 방향인 분들끼리 계속 이야기를 나누는 모습을 종종 봤어요.

토론이 끝날 무렵 참석자들이 소감을 말씀하시는데 많은 분들이 "생각이 다른 사람이랑 만나 논쟁을 하는 일이 귀찮고 번거롭다고 생각했다"는 거예요. 그런데 오늘 여기서 논쟁 끝에 결론을 내리자는 것이 아니라 각자 자신의 생각을 말하고 또 남의 생각을 듣는 자리이다 보니 그런 부담이 크게 없어졌대요. '어떻게든 논쟁에서 상대방을 이겨야지'라는 생각을 버리는 순간, 오히려 본인의 얘기에서 부족한 점도 발견하게 되고 다른 사람 얘기에서 취할 부분도 알게 되는 거죠. 그렇게 생각이 다른 분들하고도 굉장히 화기애애한 토론을 이어갈 수 있었거든요.

저는 대한민국 사람들은 국민 수준이 떨어진다는 둥 시민교육이 안 됐다는 둥 말하는 사람들을 보면 정말 화나요. 그건 아니잖아요. 어떤 권한을 주면서 토론을 하는가가 중요합니다. '우리가 토론한 결과를 반영할 거야? 약속할 수 있어? 그렇다면 내가 성실하게 임할 수 있다'는 마인드는 누구에게나 있다고 생각해요. 하지만 먼저 결론 다 정해놓고 '자, 하고 싶은 말 하세요. 끝났죠?' 그렇게 짝짝짝 박수치고 끝내면 안 되죠.

저는 시민들에게 권한을 충분히 부여하면서 최소한의 의사결정 과정이나 원칙이 합의되면, 서로 견해가 아주 다를지라도 합리적으로 토론하고 경청하는 모습을 여러 번 봤습니다. 온라인이든 오프라인이든 가능한 방법을 찾는 것이 중요하지, 가능하나 불가능하냐를 먼저 판단할 일은 아니라고 생각해요.

4

젊은 세대가 평화 문제에 대해서 의외로 냉담하거나 혹은 9년 동안에 걸친 보수담론의 주입으로 인해서 이전 세대와는 좀 다른 경향을 보인다는 생각을 했어요. 이걸 세대 간 차이라고 치부하기보다는 서로 간에 대화하고 노력하는 자세가 필요하지 않을까 싶습니다. 원전 문제를 놓고 공론화위원회도 만들어졌잖아요. 그런 것처럼 한반도 평화 문제를 놓고도 이렇게 서로 다른 정치적 경향을 가진 다양한 세대가 모여서 며칠간에 걸쳐 격의 없는 토론을 해보면 어떨까요? 그런 노력을 우리가 같이 할 수 있지 않을까 생각했습니다. 와글에서도 청소년뿐만이 아니고 조금 세대를 넓혀서 그런 문제를 같이 숙의할 수 있는 노력을 해보면 어떨까요?

제가 강연마다 반복적으로 드리는 말씀이 있어요. 토론회 조직이나 온라인 플랫폼을 만들려고 할 때, 가장 중요한 건 공급자 중심의 시각이 아니라 거기 사람들이 어떤 동기로 참여할 것인가에 대한 고민입니다. 밀도 깊은 논의가 진행되기 위해서는 먼저 그 토론회나 플랫폼에서 나오는 합의가 실제로 유효해서 다음 단계로 진행될 수 있을 것이라는 신뢰가 필요합니다. 그것이 있다면 기본 장치는 만들어지는 것이죠.

지금 청와대 청원 사이트에 모든 의견이 다 몰리는 이유는 뭘까요? 사람들이 적어도 대통령은 원래 약속한 대로 20만 명이 한 달 안에 동의하면 이에 관해 설명하겠다는 약속을 지킬 것이라고 신뢰하기 때문이에요. 그런데 다른 지방자치단체 사이트의 경우에는 의견을 올려봤자 별로 실효성이나 책임 있는 피드백이 없을 거라고 생각하니까 그만큼 의견을 내지 않는 거죠. 그렇게 공적 영역에서 논의를 발전시켜 나가는 일과 민간 차원에서 많은 사람이 참여해서 충분히 다양한 의견이 오가게 하는 일이 서로 잘 맞물리도록 전반적으로 큰 그림을 그릴 필요가 있다고 생각합니다.

5

앞으로 한국 사회에서 정치인의 역할이 아주 중요할 거라고 생각합니다. 모든 정치인은 한 번 하고 나면 다 직업 정치인이 되는 것 같아요. 현재 한국 정치에서는 어떤 사람들이 필요할까요? 어떤 사람이 정치를 해야 한다고 생각하시나요?

저는 정치는 아무나 하는 것이 맞는다고 생각합니다. 그리고 정치가 직업이 되면 안 된다고 생각해요. 정치가 생업이 되면 그 직업을 계속 유지하고자 하는 관성이 생기기 때문입니다. 모든 초선의원들의 목표가 뭔지 아세요? 재선이에요. 모든 재선의원의 목표는 삼선입니다. 초선일 때는 뭔가 세게 일 해볼 수 있을 줄 알았는데 일단은 재선이 돼야 하고, 재선이 되면 그래도 삼선까지는 가야 당 중진이 된다는 거예요. 당 중진이 되면 당대표 선거에 나가야 하니까 적을 많이 만들면 안 됩니다. 이런 이유로 결국 은퇴할 때까지 정치를 하는 것, 그 자체가 목적이 됩니다.

아까 소개해드린 이탈리아의 오성운동은 정당법이나 선거법과 아무 관련 없이 자체 정당규약으로 삼선을 금지해요. 레벨과 무관하게 세 번 선거에 나오는 건 무조건 안 되는 룰을 정했습니다. 예컨대 내가 구의원을 한 번 하다가, 국회의원을 한 번 했어요. 다음에는 시장을 한 번 할 수 있지 않을까 생각하지만, 오성운동에서는 안 되는 거예요. 시의원이든 국회의원이든 무엇을 했든 두 번 이상 하지 말고 생업으로 돌아가라는 취지, 그것이 오성운동의 기본 규약이에요.

아이슬란드의 해적당에서도 국회의원을 한다는 게 특권이 아니에요. 거기서는 정당 투표를 하니까 우리가 비례대표 뽑듯이 정당 득표율에 따라서 몇 번까지 국회의원이 되거든요. 제가 리서치하다 보니 의원이 일곱 명이었는데 한 명이 없어진 거예요. 그 없어진 한 명은 원래 소설가인데, 중간에 국회의원을 그만두고 주유소에서 아르바이트를 하고 있어요. '나는 그냥 아르바이트하면서 소설 쓰는 게 더 좋아' 하고 말이죠. 그리고 그 분이 비운 자리를 여자 대학원생이 메웠어요.

그러면 정치는 그렇게 아무나 해도 되는 걸까요? 예, 그렇습니다. 정치에 특정한 기술이 필요하다고 생각하는 건 정치공학적인, 말하자면 역학관계에 기초한 생각일 뿐입니다. 물론 그런 정치공학적인 협상이 불가피하게 필요할 때도 있을 거예요. 그러나 기본적인 의사결정이 온라인으로 투명하게 다 보인다면 어떨까요?

누가 무슨 주장을 해서 어떻게 투표했고 어떤 반론으로 결과가 뒤집혔는지 등등이 투명하고 공개적으로 개방된다면, 지금처럼 누가 더 정치공학적인 협상 능력이 뛰어난가 하는 정치 스킬이 중요하지 않게 되겠지요. 오히려 정치인의 자질 중 중요해지는 것은 윤리 의식이나 책임감이고, 일반 시민 수준에서 가질 법한 합리적 상식이 있으면 충분하다고 생각합니다.

저희가 선거권과 참정권 연령을 낮추자는 운동도 많이 벌이고 있습니다. 외국의 경우 고등학생이 시장인 도시도 있고 스무 살에 유럽 의회 의원이 되기도 합니다. 고등학생이 시장인 사례를 보면 고등학생도 상식적이고 합리적인 수준에서 판단할 수 있고 어떨 때는 그것이 가장 현명한 판단일 수 있음을 알게 됩니다. 이권과 관련되어 오락가락하는 판단보다는 고등학생의 판단이 훨씬 더 정의롭고 올바를 수 있다고 생각해요. 그러니 비직업적인 정치가 절대로 수준 낮은 정치가 아니라고 봅니다.

'정치는 프로페셔널들이 하는 거야. 너희가 뭘 알아. 넌 모르잖아' 하는 생각은 오히려 '정치는 위험한 거야. 권력은 더러워. 만지지 마'라고 말하는 것과 같습니다. 연소자 접근을 금지하거나 무슨 독극물 취급 자격증이 있는 사람만 그걸 만져도 되는 양 해놓는 것은 과거 독재시대의 이데올로기라고 생각합니다. 심지어 녹색평론의 김종철 선생님은 아예 그냥 돌아가면서 시민의회를 하자고 주장하십니다. 뽑히는 사람이 뽑는 사람보다 지적, 정서적, 정신적으로 우월하다거나 우월해야 한다고 보는 것은 잘못된 편견일 뿐이라고 생각합니다.

여성주의자라 행복한 사회적 기업가

유여원

유여원 | 살림 의료복지사회적협동조합 상무이사

강연자 유여원은 2001년 서울대학교 철학과에 입학했고 대학 내 여성주의 운동을 하며 2006년에 졸업했다. 2017년 카이스트 사회적기업가 MBA 석사를 취득했으며, 2006년부터 2008년까지는 여성주의 단체 언니네트워크에서 전업활동가로 활동했다. 현재 살림의료복지사회적협동조합의 상무이사로 일하고 있다. 우리 사회 대안적 의료체계의 모델을 현재진행형으로 만들어가고 있는 살림은, 삶을 혁신하는 관점이자 공동체를 만들어가는 원리로서의 여성주의의 가능성을 보여준다.

처음 만난 여성주의

리더십에 대해 이야기 해달라고 들었을 때 제 첫 질문은 이거였어요. "세상에 리더십이 없는 사람도 있어요? 제가 뭔가 특별한 리더십에 관해 할 얘기가 있을까요?" 이렇게 여쭤봤더니 그냥 제가 살아온 이야기를 풀어내면 된다고 하시더라고요. 무엇을 리더십으로 생각하고 무엇을 얻어갈 것인지는 여기 오신 분들 각자가 찾아가실 거라고요. 그래서 오늘은 제가 지나온 삶과 지금 가장 집중하고 있는 사회적 기업 살림의료복지사회적협동조합에 대한 이야기를 해보려 합니다.

저는 세상에 세 종류의 사람이 있다고 생각합니다. 여성주의자인 사람, 앞으로 여성주의자가 될 사람, 이번 생애는 어렵지만 다음 생애에 여성주의자가 될 사람, 이 세 사람에 속하지 않는 사람은 없다고 봐요. 누구든 여성주의자가 될 수 있지요.

제가 여성주의라는 말을 처음 들은 것은 고등학생 때 였어요. 최초로 만난 페미니스트는 남자였습니다. 그분은 국어 선생님이었는데, 수업 시간에 〈단지 그대가 여자라는 이유만으로〉라는 비디오를 보고 소감문을 쓴다거나, 제인 캠피온 감독의 영화 〈피아노〉를 보고 든 생각을 토대로 감독에게 메일을 써보는 활동을 시켰어요. 페미니즘 고전인 『남자가 월경을 한다면』같은 책도 읽었고요.

제가 본격적으로 여성주의를 공부한 건 대학에 들어와서였습니다. 저는 2001년에 대학에 입학했는데 그 당시에는 과반마다 여성주의 학회가 있었어요. 제가 속한 철학과반에도 '소피아'라는 여성주의 학회가 있었고, 15개 인문대 각 과반에 여성주의 학회가 있어서 이들의 연대체인 인문대여성주의연대 '인연'이 있었죠. 또 각 단대별 연대체들이 연대하는 관악여성주의모임연대 '관악여모'가 있는 식으로 굉장히 단계적이에요. 적어도 여성주의를 배우고 공부해야 한다는 것이 대학생들에게 상식처럼 여겨지던 때였어요.

1학년 새내기였을 때 저는 여성주의 학회를 하지 않았어요. 다른 학회를 1년 정도 하다가 연말이 됐는데, 갑자기 과학생회에서 여성주의 학회가 다음 해 학회를 꾸려갈 학회장을 구하지 못해서 없어지게 됐다는 소식을 들었어요. 여성주의에 대해 아는 건 없었지만, '아니, 학회가 없어진다고? 그러면 안 되지' 이런 생각으로 제가 학회장을 하겠다고 했어요. 여성주의가 뭔지 잘 알지도 못하면서 여성주의 학회에 들어가서 겨울방학을 맞이했습니다. 두 달 동안 뜻 맞는 동기 네 명과 초치기 공부를 엄청나게 하고 02학번 새내기를 마주하게 된 거예요.

원래 새내기들이 학회에 들어오는 이유는 고민과 성찰 끝에 들어가는 경우도 있겠지만, 저는 그냥 술을 많이 사주는 데 들어갔었거든요. '새내기 새로 배움터'에 가서 "우리 학회가 가장 맛있는 걸 많이 산다" 이렇게 소문을 내니까, 19명 철학과반 새내기 중 10명이 여성주의 학회에 들어왔어요. 소위 히트를 친 거지요. 학교 학관에서 밥을 얻어먹고 싶다면 무조건 들어와야 하는 학회처럼 됐으니까요. 어쨌든 여성주의 학회가 매년 두서너 명이었는데 갑자기 10명의 새내기가 들어오니까, 순식간에 인기 있는 학회가 되면서 힘이 생겼어요.

버티는 사람이 이긴다

저도 모르고 새내기도 모르니까 함께 여성주의를 열심히 공부했어요. 한 1~2년 정도 공부하니까 "아, 이제 뭔가 해봐야겠다, 이제 우리도 공부를 했으니 실천을 해야지, 여성주의는 실천하라고 있는 게 아니냐", 이러면서 과반에서 반反성폭력 자치규약을 만들기 위한 기획단을 꾸리기 시작했어요.

혹시 지금 과에 반성폭력 자치규약이 있으세요? 성폭력을 어떻게 방지할지, 만약 일어났다면 어떻게 처리할지를 과반 공동체에서 약속으로 정하는 거예요. 법은 아니라도 사람들이 동의했기 때문에, 그걸 동의하고 이해한 사람들이 과에 남아 있는 동안에는 계속해서 힘을 가질 수 있는 중요한 공동체 규약이죠.

제가 철학과에서 반성폭력 자치규약을 만들려고 시도한 최초의 사람은 아니었어요. 자치규약을 만들자고 하니 선배들이 들려준 전설 같은 이야기가 있었어요. 제가 학교에 들어오기 한 3~4년 전에, 여성주의 학회 소피아에 있던 97, 98학번 선배 언니들이 반성폭력 자치규약을 만들려고 했대요. 이에 대해 사람들에게 설명도 하고, 우리 과에 자치규약을 만들지 여부를 투표해보자는 제안을 했다고 해요. 그랬더니 굉장히 '철학과다운' 답이 나왔다고 합니다.

'반성폭력 자치규약을 만들지 말지에 대한 투표'를 하기 위해서는, '만들지 말지에 대한 투표를 할 것인지 말 것인지'에 대한 투표가 필요하고, '할 것인지 말 것인지에 대한 투표'를 하기 위해서는 다시 그 투표를 할 것인지 말 것인지에 대한 투표가 필요하기 때문에, 이것은 무한대로 수렴한다. 그러므로 '반성폭력 자치규약을 만들지에 대한 투표'는 철학과반 내에서 가능하지 않다는 말이 받아들여져서 투표가 열리지 못했대요. 굉장히 놀랍죠? 저도 황당했지만 너무 철학과스러워서 좀 웃기기도 했어요. 이거 만만치는 않겠다 싶었지요.

그럼에도 시간이 흐르다 보니 저보다 철학에 대해 훨씬 많이 알고, 제가 제 의견을 말하면 술자리에서 '이 헤겔주의자!' 이러면서 얼굴에 물을 끼얹던 선배들이 대거 군대에 가더라고요. 적당한 시기가 온 거예요. 항상 타이밍이 중요하잖아요. '환풍기'라는 이름의 반성폭력 자치규약을 만드는 기획단을 만들었어요.

왜 환풍기냐고요? 요즘 과방 공간은 깨끗한가요? 그때는 굉장히 더러웠어요. 철학과방에는 제가 입학한 이래로 6년 동안 단 한 번도 빠는 것을 본 적이 없는 침낭이 하나 있었는데, 모두가 과방에 가면 아무렇지 않게 그 침낭을 덮었어요. 게다가 담배도 다 과방 내에서 피우다 보니 냄새가 이루 말할 수 없었어요. 뭐 저 역시 같이 피웠기 때문에, 그것에 대해선 제가 뭐라고 할 처지는 아니었지만요.

그래서 '우리 과방에 환기가 필요하다'라는 캐치프레이즈를 내세워서, '우리 생각, 행동, 말속에 이미 스며들어 있는 남성 중심주의, 성차별주의 문제들을 좀 환기 해보자'는 의미에서 '환풍기'라고 이름 지었어요.

반성폭력 자치규약을 만들기 위해서 대학에 들어와 경험하고 배우고 생각나는 모든 것을 했습니다. 철학과 학생이 한 명이라도 듣는 강의실이 있으면 쉬는 시간에 강의실 문을 열고 들어가서 "학우 여러분, 죄송하지만 잠깐 2분만 이야기하겠습니다" 하고 자치규약에 대한 홍보를 하고, 과방은 대자보로 다 도배를 하고, PC방이든 당구장이든 철학과 학생을 마주치기만 하면 계속 얘기하고, 전화하고…

이렇게 하니까 과방이 굉장히 한적해졌어요. 지겹고 귀찮으니까 과방에 아예 안 오는 거죠. 그때 인터넷에 과 게시판이 있었는데, 과 게시판도 조용했어요. 이걸 어떻게 불을 붙일지 너무 고민이 됐어요. 대놓고 반대를 하면 대화라도 할 수 있는데 허공에 외치는 느낌으로 만들면 자치규약인데 힘이 없잖아요. 그런데 이 타이밍에 과 게시판에 익명으로 글이 하나 올라옵니다.

'현재 철학과반에서 여성주의를 반대한다고 하는 것은 매카시즘 시대에 나는 공산주의자라고 자청하는 것과 마찬가지다. 이러한 분위기에 나는 재떨이를 던진다'라는 내용이었어요. 그 때부터 난리가 났어요. 사람들이 링 위에 올라오기 시작한 거예요. 그 재떨이 내가 맞겠다는 글부터 각 글의 논리성에 대한 철학적 논평, 소통의 자세에 대한 별점 매기기, 공동체가 무엇이냐까지 계속 올라왔어요. 제가 제일 기뻤던 건 다들 답답하고 열 받으니까 얼굴 보고 얘기하자는 말이 많이 나왔던 거지요.

저는 싸움은 좋은 거라고 생각합니다. 좋은 싸움은 굉장히 생산적입니다. 싸움이 일어날 정도로 에너지 레벨이 오르지 않으면 평소에 조용한 분들은 자기 의견을 말하는 것을 꺼립니다. 싸움이 일어나서 전체 판의 에너지 레벨이 쭉 올라가고 모두가 자기 의견을 말하는 분위기가 되고 나도 뭔가 얘기를 하지 않으면 안 될 것 같은 순간이 오면, 전체적으로 공동체가 살아납니다. 물론 그 뒤에 시끌벅적했던 공동체가 갈등으로 깨지는 경우도 허다하지요. 이럴 때는 버티는 사람이 되어야 합니다. 끝까지 남아 있는 쪽으로 역사는 정리가 되거든요.

어쨌든 뜨거워진 분위기 속에서 많은 의견이 올라왔고 결국 반성폭력 자치규약에 대한 투표가 있는 날이 다가왔습니다. 그때 철학과반의 전체 학생 수가 80명이 좀 안 됐는데 40명이 넘게 현장에 왔어요. 투표 전에 다시 한 번 간담회를 열었는데 그 간담회도 굉장히 길어졌어요.

제가 물이 들어올 때 노를 저어보려고 그날 간담회에서 "자치규약에 대한 시행규칙에 소급 조항을 넣어야 하지 않겠냐"고 던져 봤거든요. 반성폭력 자치규약의 소급적용 여부는 제가 더 띄우고 싶었지만 그때까지 중심 논제로는 부각시키지 못했던 사안이었어요. 간담회에 사람이 많이 왔길래 "반성폭력 자치규약이 만들어지기 이전에 발생한 성폭력 사건까지 이 규약으로 처리를 할 것 인가"를 한 번 물어봤어요. 예상대로 역시 논쟁에 불이 붙었지요. 이 얘기를 집중해서 하다 보니 반성폭력 자치규약 제정 여부에 대한 이야기는 더 이상 소모적으로 하지 않아도 됐습니다.

소급은 굉장히 중요한 문제입니다. 왜냐하면 이전에는 너무나 당연시되어 우리 문화 안에 녹아 있었던 것들, 그래서 특별한 의식 없이 저지르고 반복했던 일들까지 새롭게 문제가 될 수 있는 거잖아요. 이것은 굉장한 자성의 의지이고, 예전에는 미처 알지 못했지만 지금에야 알게 된 문제들도 간과하지 않겠다는 뜻이지요. 우리 공동체에 대한 성찰에 관한 조항이니까요. 그날 간담회 때 이에 관한 이야기를 많이 했고 결국 이 소급 조항까지 넣게 됐어요. 그리고 투표를 했지요. 결과는 40여 명 중 한 명 반대, 한 명 기권, 나머지 찬성이었어요.

너무 짜릿하죠? 이렇게 만들어진 자치규약은 그 뒤에 어떻게 됐을까요? 철학과반에 대대로 전해져 내려오면서 모든 성폭력 사건이 이 규약에 따라 해결되고 피해자가 구제됐을까요?

버티는 사람이 이기는 것은 나와 의견이 다른 사람에게도 똑같이 적용됩니다. 페미니즘은 좋은 이론이지만, 페미니즘을 구현하기 위해서는 실천하려는 사람의 선한 의지와 힘이 있어야 해요. 과반 여성주의 '세력'의 흥망성쇠와 같이 이 자치규약도 세졌다가 없어졌다가 살아났다가 잊혔다가 했다고 합니다.

내가 잘할 수 있는 방식으로

대학 졸업 후에는 '언니네트워크'라는 여성주의 단체에서 전업 활동가로 근무했습니다. 언니네트워크는 2000년에 '언니네'라는 사이트에서 출발했는데 온라인 사이트 언니네의 회원이 6만 명까지 됐었어요. 네이버 지식인이나 블로그가 없었던 시기에, '자기만의 방'이라는 나만의 블로그를 가질 수 있었고 '언니네

지식 놀이터'라고 해서 뭔가를 묻고 서로 대답하는 기능까지 활용할 수 있었기 때문에 회원이 많았어요. 그런데도 2006년에 취직해 출근해보니 아직 사무실도 없는 거예요. 다른 출판사 사무실 한 켠에 책상 놓을 자리만 빌려서 일하고 있었지요. 상근하는 활동가는 저 한 명뿐이고 단체의 재정구조도 열악했어요.

여성주의에도 수많은 갈래가 있잖아요. 그렇다면 자기만의 여성주의를 찾아야 하는데, 저는 공부하고 연구하는 여성주의는 제 길이 아니라고 판단했어요. 그래서 생각했죠. '나는 언니네트워크에 무슨 도움이 될 수 있을까? 우선 재정을 어떻게 해결할지를 고민해봐야겠다.' 그렇게 시도했던 재정 사업이 세 가지가 있었습니다.

첫 번째는 출판이었어요. 언니네 사이트에 자기만의 방이라는 블로그 형태의 서비스가 있었는데 각자가 다 자기만의 방에서 자기 글을 쓰는 거예요. 읽고 나서 감동적인 댓글도 달 수 있고요. 거기에 좋은 글들이 너무 많았어요. 멋진 글, 생생한 글, 아픈 글… 그런 글을 쓰신 분들께 승낙을 받아서 책으로 내자는 아이디어가 있었어요. 마침 그때 대형출판사에서 편집자로 일하고 있었던 회원이 한 명 있어서 그분의 도움을 받아 『언니네 방』이라는 책을 냈지요. 그런데 이 책이 어마어마하게 팔리는 거예요. 무려 2만 부가 팔렸고 대만에 번역돼 출판되기도 했어요. 뭔가 잘되면 후속작들이 나오잖아요? 『언니네 방』 2탄도

내게 됐지요. 2탄은 첫 번째 책만큼 팔리지는 않았지만 그 뒤에도 『언니들, 집을 나가다』까지 계속해서 우리가 하고 싶은 이야기를 세상에 내놓을 수 있었어요. 『언니네 방』의 인세가 상당히 들어와서 단체 재정에도 꽤 도움도 됐고요.

두 번째 했던 일은 소프트웨어 사업이었어요. '언니네'라는 규모 있는 사이트를 운영할 수 있다는 건 내부에 IT 기술자가 있거나, 적어도 IT기술을 아웃소싱하는 것을 관리할 수 있는 기능은 있다는 거 잖아요. 여기에 착안을 해서 당시 유일한 직원이었던 제 이름으로 소프트웨어 사업자 등록을 하고 서울시 산하 기관의 홈페이지를 제작하고 관리하며 콘텐츠까지 만들어주는 용역 입찰에 참가해서 선정됐어요. 홈페이지를 만들어 운영하고 유지할 수 있는 우리 내부의 기술을 가지고 단체의 수익구조를 창출했죠.

세 번째는 단체 회원을 늘리는 거였어요. 당시 매달 만 원 이상 회비를 내는 회원이 300명이 채 안 됐어요. 아름다운재단에서 하는 모금교육도 신청해서 듣고 모금사업을 시작했는데, 완전 망했어요. 모금사업은 기술로 하는 게 아니더라고요. 저 혼자 배워서 혼자 돈을 모으려다 보니 전혀 모이지 않는 거예요. 이때의 실패를 경험 삼아, 그다음 해에는 다른 회원 다섯 명과 함께 가서 교육을 받고 모금 캠페인을 다시 시작했습니다. 이 캠페인은 대박이 났습니다. 회원이 늘어나서 매월 필요한 돈을 충당할 수 있게 만든 것도 성공이지만, 가장 최고의 성공은 당시 운영진 30여 명이 똘똘 뭉쳐서 같이 해낸 것이라 자부심과 정체성이 강해졌다는 거예요. 언니네 활동도 더 활발해졌고요. 재정과 조직력이 같이 성장한 모금 사례로 많이 알려져서 이듬해 모금 사례 경진대회에서 상을 받기도 했어요.

이 세 가지 재정 사업으로 언니네트워크는 홍대역 근처에 우리 사무실을 가지게 됐습니다. 너무 기쁘더라고요. 반지하 전세로 사무실을 얻었는데 사무실 테이프 커팅을 하고, 저는 바로 출국했습니다. 2년 동안 언니네트워크에서 일하면서 제가 할 수 있는 일은 다한 것 같았어요. 이제 저와는 다른 종류의 리더십을 가진 사람이 이 조직에는 필요하겠다 싶어서 활동을 정리하고 긴 여행을 떠났지요.

여성주의자로 100세까지 행복하게

6개월 정도 여행을 마치고 돌아와서 새롭게 만들기 시작한 것이 지금부터 이야기할 '살림의료복지사회적협동조합'입니다. 좀 길고 복잡한 이름인데, 1998년에 정부가 생활협동조합법이라는 것을 만든 이래로 법이 여러번 개정되면서 저희 이름도 계속 바뀌었어요. 원래 이름은 '여성주의 의료생협'이었습니다.

여성주의단체에서 일하다가 왜 갑자기 여성주의 의료생협을 만들어야겠다고 생각했을까요?

제가 대학교 2, 3학년 때부터 항상 노래를 부르던 게 있었어요.

"여성주의자로 100세까지 행복하게 살려면 다섯 가지가 필요하다. 첫째, 여성주의 활동을 신용으로 보고 돈 빌려주는 은행, 둘째, 여성주의 관점으로 치료받을 수 있는 병원, 셋째, 우리만 알기 아까운 여성주의를 널리 교육하는 학교, 넷째, 여성주의자답게 먹고살 수 있는 먹거리를 키우는 농장, 다섯째, 모인 공동의 자원을 배분하는, 가장 직접적인 힘인 여성주의 정당, 이 다섯 개를 만들고 싶다."

이 이야기를 계속하고 다니다 보니, 이 얘기가 퍼져서 연건 캠퍼스까지 갔나 봐요. 의대를 다니며 장래에 여성주의 병원에서 일하는 꿈을 가진 여성주의자가 찾아왔어요. "다섯 가지 다 좋고 꼭 필요한 것 같은데 일단 먼저 병원부터 만들면 어때요?" 이렇게 얘기가 나온 거예요. 그러자고 했는데 당시 이 한마디가 그 뒤 10년을 결정하게 될 줄 그때는 몰랐습니다. 하나 만들고 또 하나 만들고 차례대로 하면 되는 줄 알았는데 하나 제대로 만드는 데 시간이 이렇게 걸릴 줄 몰랐던 거지요.

여성주의 병원을 만들려고 하다 보니 '여성주의 병원이 뭐지?' 이것부터 궁금한 거예요. 진료하는 의사가 여성주의자면 여성주의 병원인가요? 여성주의자들이 진료받으러 오면 여성주의 병원인가요? 벌어들인 모든 이익을 여성단체에 내면 여성주의 병원인가요? 사실 여성주의 병원을 만들자고 모인 우리도 여성주의 병원이 뭔지 몰랐어요.

우리가 생각하는 '여성주의적 건강관'이라는 것이 무엇이냐, 우리의 의료는 어떤 이유 때문에 여성주의적이냐, 어떠한 원칙들을 지켜나갈 때 우리 방향을 잃어버리지 않을 수 있을까, 이런 것들을 얘기하고 공부하는 데 최소 2년 정도의 시간이 필요했습니다. 설립하기 전 뿐만 아니라 지금까지도 계속 이 주제를 조합원들과 함께 이야기하고 있어요. 여성주의 건강관은 고정불변의 정의가 아니라 우리가 같이 얘기하고 정한, 그래서 실천에 반영하는 과정에서 의미가 있으니까요.

또 협동조합에 대해서도 공부를 해야 했어요. 원래부터 협동조합에 대해 잘 알고 있었다거나 '협동은 개인과 사회의 본질'이라는 생각으로부터 출발했던 것은 아니었거든요. 건강세상네트워크라는 단체의 사무국장님이 "여성주의 병원 만든다고? 아예 병원 자체를 여자들이 소유하면 어때? 협동조합으로" 이렇게 지나가면서 한마디를 하셔서 거기서부터 시작된 거였어요. "협동조합이라는 게 있어? 소유까지 공동으로 하면 더 여성주의적으로 할 수 있겠는데?" 이렇게 여성주의 의료협동조합을 만들게 됐어요. 일본의 의료협동조합에 견학도 다녀 왔지만 여전히 협동조합을 너무 모르겠더라고요. 그래서 2008년부터 노원구에 '함께걸음'이라는 장애 인권을 중심으로 하는 의료생활협동조합에서 상근활동가로 일 하면서 의료협동조합에 대해서 배웠어요. 2009년부터는 전국 의료생협이 다 모여있던 의료생협연합회로 옮겨 2년간 일을 하면서 배웠고요. 그동안 협동조합에서 일하는 사람이자 스스로 협동적인 사람들, 닮고 싶고 곁에 있고 싶은 사람들을 많이 만났어요. 동시에 여성주의 의료생협을 만드는 준비를 계속했어요. 이렇게 3년 좀 넘게 준비를 해서 2012년 2월에 드디어 여성주의 의료생협 '살림'을 창립하게 됩니다.

호혜의 원리로 지역사회에 스며들기

제가 지금 몇 문장으로 간단히 말했지만, 이 3년여의 시간 동안 얼마나 많은 일이 있었겠어요. 저희가 여성주의 의료생협을 한다고 했을 때 의료협동조합 선배들이 많이 만류했어요.

"지역에서 의료생협 해보면 사람들한테 협동조합도 이해시키기가 너무 힘들다. 지역주민들한테 협동조합도 어려워 죽겠는데 여성주의까지 얘기할 거냐. 여성주의라고 대놓고 얘기하지 말고 그냥 의료생협으로 해." 이 얘기를 정말 많이 들었어요.

사실 저희도 고민이 많았습니다.

지역주민들이 그렇게 쉽게 여성주의자가 될 거라고 생각하지 않았어요. 저희야 이미 여성주의자가 되었으니 그렇다고 치고, 지역주민들 중에도 여성주의란 말 한 번도 안 듣고도 40년, 50년 동안 열심히 잘 살아오신 분들 많잖아요. 그런 분들 앞에서 제가 뭐라고 '여성주의는 옳은 거예요. 여성주의자가 되십시오' 이렇게 말할 수 있을까요? 그런다고 해서 그분들이 우리에게 영향받아서 여성주의자가 될 수 있을까요? 이런 기대는 비현실적이기도 하고, 어떤 점에서는 무례할 수도 있다고 생각해요.

사람이 어떤 생각을 가지게 되기까지는 모두 나름의 결과 맥락이 있습니다. 물론 제가 다른 사람과 여성주의 얘기를 하고 싶다면, 제가 여성주의자라는 정체성을 명확하게 드러낼수록 좋다고 생각해요. 제가 어디에 서 있는지를 공유하는 건 우리의 좋은 관계를 위해 중요한 정보가 될 수 있지요. 그런데 제가 여성주의자라는 정체성을 존중받는 것뿐 아니라 상대방이 여성주의자가 아니라는 점에 대해서 제가 얼마나 열어놓고 듣는가, 이런 서로에 대한 '예의'가 굉장히 중요하다고 생각합니다.

제가 여기서 말하는 '예의'는 존댓말을 쓰는 것만이 아니예요. 우리가 서로의 말에 귀 기울이기를 기대하는 만큼, 서로의 관계에 무엇을 기여하고 있는가에 대해 각자가 답할 수 있는 자세를 가져야 한다는 거예요. 기브 앤 테이크(give and take)는 꼭 돈으로 이루어지는 게 아닙니다. 협동조합의 가장 기본적인 원리는 '호혜'예요.

주는 사람 따로 있고 받는 사람 따로 있는 것이 아니라 서로가 서로에게 이득이 돼야 합니다. 이득의 크기가 똑같지 않을 수는 있어요. 그리고 내가 누구에게 받은 것이 바로 그 사람에게 그대로 돌아가지 않을 수 있고 다른 사람, 혹은 다른 세대에게로 순환적으로 돌아갈 수도 있어요. 다만 호혜라는 조직문화는 반드시 있어야 합니다. 무임승차하는 사람이 늘어나거나 그게 아무렇지 않게 받아들여지는 문화로는 어떤 조직도 실질적으로 지속불가능해요. 특히 협동조합은 더욱 가능하지 않지요. 제가 여성주의와 협동조합이 비슷하다고 생각하는 게 바로 이 '호혜의 감수성'이에요.

지역에 계신 주민들, 남성들뿐 아니라 여성들도 여성주의에 대해서 한 번도 접해보지 못한 분들이 많으세요. 그런 분들과 어떤 이야기를 할까를 많이 고민하면서 지역에 들어갔고, 지금도 지역에서 아주 대중적인 수준부터 심화까지 여러 여성주의 관련 행사와 교육, 토론회를 개최하고 있습니다. 왜 주민들은 이런 이야기를 살림에서 함께하는 걸까요?

주민들의 욕구가 이 공간에서 해결되기 때문이에요. 협동조합은 조합원들의 어떤 필요가 모이고 그 필요를 해결하기 위해서 운영되는 조직이에요. 조합원들의 필요, 주민들의 욕구가 실제로 해결되지 않는 협동조합은 정체성이 쉽게 희미해집니다.

다양한 지역주민 모두가 이 공간에서 해결하기를 원했던 것은 바로 건강 문제였어요.

그렇다면 당신과 가족과 이웃이 건강하게 살아갈 수 있도록 하는 우리의 비전은 무엇인가. 이 비전을 같이 만들고 공유하고, 실제로 구현하는 것이 굉장히 중요했습니다. 건강하게 살기 위해서 여성주의는 왜 필요할까요? 가부장적인 의사와 환자의 구도, 다이어트 등 나와 우리의 건강을 생각할 때 한국 사회와 떼어놓고 생각하기 어려운 문제들이 많이 있지요. 그런 문제들을 생각하는데 여성주의는 분명히 도움을 줍니다.

누구나 남을 돌볼 수 있다

여성주의 의료생협에서 가장 핵심은 여성주의를 설명하고 설득하고 논쟁하는 작업 자체라기보다는, 지역주민들의 건강에 대한 욕구들을 모아서 함께 공유하는 지향을 만들고 그 가운데서 여성주의를 녹여내는 과정이에요. 소수의 리더들로부터 시작됐지만 그 리더십이 모두에게로 퍼지고 스며들지 않으면 협동조합은 운영되기 어렵습니다. 창립자의 정신이 조합원 각자의 풀뿌리 리더십으로 살아 있어야만 돌아갈 수 있는 조직이기 때문입니다. 여성주의는 정말 100인 100색의 여성주의가 있고, 그건 굉장히 좋은 현상입니다. 살림에서 구체적인 사업을 해나가다 보면, 좋은 것과 좋은 것이 서로 부딪히는 선택의 기로에 서게 되는 경우들이 많습니다.

가령 엘리베이터 설치에 관해 이견을 보이는 사례가 있습니다. 장애인 접근권을 생각한다면 살림은 엘리베이터가 있는 건물을 선택하겠지요. 그런데 엘리베이터가 있는 건물에 들어가면 임대료가 높아져서 돈을 더 많이 벌어야 유지가 돼요. 그럼 우리가 원하는 만큼 이용 가격을 낮게 설정할 수 없어요. 경제적으로 어려운 사람들의 접근권과 장애인의 접근권, 둘 다 고려해야 하는 중요한 가치입니다. 이렇게 좋은 가치들이 경합할 때 어떤 가치를 우선순위로 선택하는가? 단기적, 장기적으로는 어떤 전략이 필요한가? 어떤 것이 살림다움을 지속시킬까? 이런 것을 생각하려면 '여성주의가 무엇인지, 나는 여성주의자인지 아닌지' 같은 추상적인 이야기만으로는 부족합니다. 누구나 각자의 의견이 있기 때문에 더 구체적인 이야기들이 필요한 거예요.

우리의 여성주의는 약자의 편에서 세상을 보는 것이고, 평등이 건강과 직결돼 있다고 믿는 것입니다. 누구나 돌봄이 필요함을 인정하고 누구나 의지와 배움이 있으면 남을 돌볼 수 있음을 신뢰하는 것입니다.

돌봄은 앞으로 점점 더 많이 필요해질 거예요. 고령화 사회가 되고 있고, 육아의 사회화에 대한 요구도 높아지고 있지요. 돌봄 노동의 수요가 높아지면서 돌봄 노동의 직업 위치와 사회적 가치를 어떻게 설정할 것인지가 우리 사회의 미래를 변화시킬 관건이라고 생각합니다. 실제 일본의 돌봄 노동자 월급은 한국의 돌봄 노동자 월급의 두 배에 육박하는데도 돌봄 노동자를 구할 수 없는 지경에 이르렀거든요.

돌봄 노동을 특정 성별이 해야 한다거나 더 잘한다고 구분 지으면 우리가 당면한 돌봄 문제를 해결하기 더 어렵지요. '삶에서 여자답게, 남자답게 이런 규범을 벗어나야 여자고 남자고 더 건강할 수 있다. 성별에 상관없이 자기에게 맞는 건강을 추구하는 게 모두에게 이롭다. 혼자 건강해질 수 없으니, 공동체 내에서 서로 돌보며 건강해지자.' 이게 살림이 말하는 여성주의입니다. 여성주의만으로 건강해질 수는 없겠지만, 여성주의 없이 건강할 수는 없어요.

여성주의를 드러내고 더 많이 이야기하는 것은 여성주의를 실천하고 이뤄내는 중요한 방식입니다. 삶 속에 구체적으로 녹아들어 있는 여성주의를 직접 체험하게 하고 나서 '살림의원 이용해보시니까 너무 좋으셨죠? 여성주의 덕분에 그래요.' 이렇게 이야기하는 것이 좋은 접근 방식이라고 생각해요.

살림은 트랜스젠더나 장애인 환자 분들이 오셨을 때 불편 사항이 적다는 피드백을 받습니다. 그것은 다른 병의원에 비해 의사와 간호사가 트랜스젠더 환자를 환대해주기 때문만은 아니에요. 온라인에 올라온 이용 후기 중에 이런 게 있었어요. 트랜스젠더 환자 분이 앉아 있는데 대기실에 있던 어린이가 다가가서, "여자예요? 남자예요?" 이렇게 물어봤대요. 그분은 기분이 어땠을까요? 정말 난처했을 거예요. 그때 어린이 보호자가 아이에게 "여자인지 남자인지가 뭐가 중요해. 그런 질문하는 거 아니야"라고 얘기해주었고 그분은 이후에도 계속 안심하고 살림의원에 오실 수 있었다고요. 임직원만이 아니라 조합원들이 같이 만들어나가는 것이라는 인식이 굉장히 중요합니다. 한 사람 한 사람의 생각과 행동이 쌓이면 그게 문화가 되기 때문이에요.

함께, 나답게 살아가는 마을

우리가 내세우는 가치는 바로 '건강은 건강한 관계다'예요. 살림이 다른 의료협동조합들과 다른 점이 두 가지가 있어요. 하나는 조합원들이 젊어요. 다른 의료협동조합들은 의료 욕구가 가장 많은 시기, 60~70대 조합원이 많으세요.

반면 살림은 명확한 가치지향적 협동조합으로 출발했기 때문에 30~40대, 특히 40대가 가장 많아요. 다른 곳의 조합원 평균나이보다 거의 20년이 젊은 셈이지요. 그래서 30~40대가 아닌 조합원들이 우리 조직에 왔을 때 '내가 올 데가 아닌가 봐'라는 느낌을 갖지 않도록 항상 주의하고 있어야 합니다.

10~20대 젊은 조합원들이나, 55세 이상 조합원들이 왔을 때 '이 공간에서 내 자리가 있구나', '내가 이곳을 위해 무슨 일을 할 수 있구나'라고 편하게 생각할 수 있게 만들어야 해요. 살림을 찾는 다양한 세대들이 자율적이고 적극적으로 이 안에서 활동할 수 있는 사업 내용이 있는지를 늘 점검하고 있습니다. 이 문제는 2018년 살림의 굉장히 큰 이슈였고 그 결과 55세 이상 조합원들이 많이 늘었어요.

살림의 또다른 특징은 의료사업소를 만들 때 빚을 지지 않았다는 것입니다. 의사도 금수저를 물고 태어나지 않는 한 서울 시내에서 대출을 받지 않고 자기 병원을 개원하기는 어려워요. 보통 의사가 은행에 빚을 지고 개원을 하면 매달 원리금 상환 압박이 돌아옵니다. 우리는 의사가 적정 진료, 소신 진료를 해줄 것을 바라지만, 그 의사는 은행이 더 무서워요. 좋은 의사 선생님은 정말 많지만, 한국의 제도와 시장 경쟁에서는 좋은 의사가 좋은 진료를 하기 어렵습니다.

우리 협동조합이 주치의들에게 교과서에서 배운 대로 소신 있게 적정 진료를 해달라고 요구하려면, 우선 빚을 지지 않게 해줘야겠다고 생각했습니다. 의사가 은행 빚을 갚아야 한다는 경영 압박을 받지 않도록요.

2012년 8월에 처음 살림의원을 만들 때, 국내 의료 협동조합 역사상 최초로 필요자금 3억 원 전액을 출자금으로 모아 개원을 했습니다. 한 번 했으면 두 번도 할 수 있겠지요. 2016년 7월에 치과를 만들고 의원과 건강센터를 통합해서 이전할 때도 6억 정도 돈이 필요했는데, 그때도 모두 조합원들이 모아서 빚 없이 개원을 했습니다. 전체 조합원의 3분의 1이 치과 개원을 위해 출자금을 늘렸습니다.

협동조합의 출자금은 조합원들의 자부심이에요. 돈이 가는 곳에 마음이 갑니다. 여러분 메일함에 많은 시민단체 소식들이 오죠? 사람들은 자신이 후원하는 단체의 메일을 열어봅니다. 물론 협동조합은 돈이 전부가 아니고 돈만으로 해결되지 않는 문제도 많아요. 하지만 굉장히 명시적이고 실질적인 참여로서 돈은 아주 중요합니다. 우리가 바라는 뭔가를 남이 해주기를 바라지 않고 스스로 해결하기 위해서는 필요불가결한 자원이 돈이다 보니 어떻게 잘 모으고 사용하고 불려야 할지 늘 생각하고 있습니다.

살림에는 장기적인 비전이 있어요. 일본 나고야에 미나미 의료협동조합이라는 곳이 있는데요. 그곳에 우리는 흔히 치매라고 하고 일본에서는 인지증이라고 하는 증상을 보이는 어르신들의 그룹 홈이 있습니다. 이름은 '나모'라고 해요. 나모는 실제 오래된 집을 개조한 것이기에 보통 집과 같아요.

모두 자기 방을 하나씩 가지고 있고, 자기가 입던 옷이나 쓰던 가구를 가지고 들어옵니다. 평생 살던 곳과 유사한 환경과 방식으로 살 수 있으면 인지기능이 떨어지더라도 일상생활이 어려워지는 속도를 늦출 수 있기 때문입니다. 이 그룹 홈에는 인지증 노인들과 조합원 봉사자들이 섞여 있습니다. 사진으로 보면 환자복을 입지 않기 때문에 누가 인지증 노인이고 누가 봉사자인지 구분하기 힘들어요. 여기 사는 분들에게는 아침에 일어나서 오늘 무슨 옷을 입을지 스스로 고르고 단추도 직접 끼우고 하는 일이 중요한 과제입니다. 그런 일을 스스로 할 수 있도록 하는 거예요. 우리가 견학갔을 때는 평생 우동집을 운영하던 분이 들어오셔서 나모에 사는 분들이 다 같이 살이 찌는 게 고민이라고 하더라고요. 미나미 의료협동조합의 조합원들은 오늘은 내가 여기서 자원 돌봄 활동을 하지만 내년에는 내가 여기에 들어올 수도 있다고 생각하세요. 앞으로 내가 여기에 살게 됐을 때 우리 조합원들이 나를 돌봐줬으면 좋겠는 바로 그 방식으로 오늘 내가 여기 계신 분들을 돌보는 것입니다. 이 돌봄의 질이 얼마나 인간적일까요.

사실 우리는 다 착하고 선한 존재들인데 왜 남을 돕고, 남한테 흔쾌히 뭔가를 해주는 것이 이렇게 어려울까요? 할 수 있었는데 하지 않는 경우들도 많습니다. 여기에는 '내가 주는 도움이 저 사람에게 내 의도대로 전달될까?' 하는 오해에 대한 두려움도 있습니다. 그래서 소통 역량을 훈련하고 신뢰할 수 있는 관계가 잘 깔려있어야 선한 의지가 발현되는 일이 많아질 수 있습니다.

또 '내가 이렇게 계속 돕기만 하면 누가 나를 돌봐주지?'라는 불안도 있겠죠. 개인 대 개인사이에서는 미래 자신을 돌봐줄 것이라 기대하는 대상이 상대방 한 명이라서 호혜적 관계를 지속하기 힘들 수도 있어요. 하지만 더 많은 사람들이 모여 있는 조직에서는 내가 남을 돌본 만큼 남도 나를 돌봐줄 것이라는 호혜적 관계와, 그에 대한 신뢰를 만들 수도 있습니다. 살림에서 어떤 자원 활동을 하는 것이 나중에 내 주변, 내 동네를 안심하고 살아갈 수 있는 공간으로 만들 수 있도록 도움이 될 거라는 믿음이 생기는 거죠. 그래서 2,600세대 조합원 분들이 사느라 다들 바쁘면서도 우리와 함께 활동해주는 거거든요.

인지증에 걸려도 장애가 있어도 이주민이어도, 나이 들어 떠나는 그날까지 건강하게 나답게 함께 살아갈 수 있는 마을을 만드는 것, 이것이 살림의 꿈입니다. 제 이야기는 여기까지 하겠습니다. 감사합니다.

Q & A

1

협동조합을 경영하시면서 경제적 어려움은 없으셨는지요?

살림을 시작하던 초창기 때, 여성주의 의료생협을 만드는 것이 자기 인생의 꿈이었던 창립자들이 받던 임금과 현재 30여 명 직원들이 받고 있는 임금은 상당히 다를 수밖에 없어요. 사회적 수준과 기회비용을 고려해야 하죠. 의료사업소에 필수적인 의사의 임금은 공공의료기관이나 보건소에서 일하는 의사들의 임금보다는 높은 편입니다. 경영책임자인 제 임금도 높은 편이라고 생각하고요.

저는 살림을 준비하면서 노원에 있는 '함께걸음 의료생협'이라는 곳에서 상근하며 일을 배웠습니다. 2008년 그곳에서 단지 배우기만 했던 것이 아니라 일하면서 받은 월급으로 먹고살 수도 있었어요. 그때 난생 처음으로 4대보험에 가입됐습니다. 당시에 사회적 일자리라는 최저시급 인건비 지원으로 입사했는데 그게 월급이 77만 원 정도였거든요. 저 말고도 많은 사람이 유사한 월급으로 살고 있었고 지금도 그럴 것입니다. 지금 77만 원과 그때 77만 원은 좀 다르긴 하지요.

살림이 중소기업 규모가 되고 나니 여기서 일하는 사람들의 생계가 달려 있다는 책임감이 커져요. 또 만약 우리가 하루 아침에 망해서 더 이상 서비스를 제공하지 못하게 되면 사람들이 불편해질 거잖아요. 지속가능성이 굉장히 중요해졌죠.

살림의 재무적 상황은 다행히 2013년부터 지금까지 매년 조금씩 흑자를 내고 있는 상태입니다. 운이 좋았고, 특히 인복이 엄청나서 많아서 그렇다고 생각합니다. 탁월한 역량과 품성을 가진 임직원이 모여 있고, 조직문화가 좋지요.

제가 사람 욕심은 있지만 물건 욕심이 있는 편은 아니에요. 협동조합 경영에는 물건 욕심이 좀 적고 사람 욕심이 많은 사람이 잘 맞아요. 가지고 싶은 물건이 굉장히 많으시다면 협동조합보다는 영리기업을 하시는 게 좋겠습니다. 영리기업도 나쁘지 않아요. 기업은 굉장히 재미있는 조직이잖아요. 사실 기업은 다리를 만들고 보험을 운용하는 일처럼 리스크가 큰 일들도 더 많은 이윤을 추구하고 보상을 기대함으로써 사람과 자본을 모아서 할 수 있게 하는 조직이잖아요.

어쨌든 저는 잘 먹고 살고 있다는 말씀을 드립니다.

2

살림에서 일하는 의료인들은 어떻게 모으는지요?

진짜 중요한 질문입니다. 의료인을 구하기가 굉장히 어렵습니다. 월급으로도 커버가 안 되는 부분이 있어요. 물욕은 적고 사람 욕심이 많은 사람이 협동조합에 적합하다고 말씀드렸잖아요.

의사도 마찬가지예요. 여성주의 의사, 이런 요건도 굉장히 중요하지만, 여성주의는 살림에서 일하면서 배워나갈 수도 있습니다. 살림에서 여러 의사들과 일해보니 사람들과 편안하고 넓게 관계 맺는 것이 중요하더라고요.

경영책임자로서 저는 여전히 의료인을 구하는 데 많은 시간을 할애하고 있습니다. 의료협동조합에 관심 있는 의사 선생님들이 모이는 곳이라면 전국 어디라도 갑니다. 가장 주요한 의료인 구인 창구는 현재 살림에서 일하고 계시는 의사 선생님들입니다. 다른 의사들에게 의료협동조합에서 함께 일하자고 권유하고 싶을 때, '의료협동조합 의사로 사는 길' 이런 제목으로 세미나를 연다면 아무래도 많이 안 오시겠죠.

그럴 때는 살림에서 내시경을 정말 잘하시는 의사 선생님이 가정의학회에서 내시경 강의를 맡아 진행하고, 그 강의를 들으러 온 의사들에게 내시경실 세팅에 대해 50분 동안 강의한 다음 뒤에 10분 동안 살림에 대해 이야기하고 명함을 드립니다. 다들 이렇게 애를 써서 지금까지 많은 의사를 구했고 또 많이 떠났어요. 사실 이 문제 때문에 모든 의료협동조합이 정말 어렵습니다. 정책적으로 해결 돼야 하는 문제입니다.

우리 의료제도에 문제가 참 많지요. 병원이 이렇게 많은데, 믿을 수 있는 병원, 갈 만한 병원이 너무 없다고 말하는 사람들이 많은 것은 근본적으로 제도의 문제입니다. 현재 우리나라의 행위별 저가 수가제는 의사의 행위 하나하나가 돈과 연계돼서 의사들이 더 많은 행위를 하도록 유도하게 됩니다. 주사를 놓고 약을 처방하고 수액 같은 처치를 하고 이런 행위를 할 때마다 건강보험공단이 돈을 주는 거예요. 심지어 행위에 따른 수가 자체는 낮습니다. 적은 수의 환자를 천천히 진료하고, 처방이나 처치 전에 좀 더 지켜보고 하기에는 행위 하나하나에 따른 수가가 너무 낮아서 처치를 적게 하기도 어렵습니다.

그래서 병원을 찾은 환자들은 이 의사가 반드시 필요해서 나한테 이런 걸 하는지 돈 벌려고 하는지 과잉진료를 의심하게 돼요. 특히 예방이 아니라 치료에 중심을 둔 행위별 수가제에서는 환자와 의사의 이해관계가 서로 적대적이 될 수 있습니다. 환자가 아프면 아플수록 의사가 돈을 버는 구조니까요. 아프면 불안하니까 검사도 많이 하고 처치도 많이 받아요. 그러면 의사는 돈을 더 벌겠지요. 병원에 가는 사람들도 이런 인과관계를 모두 알고 있고, 그러니 좋은 치료에 필수적인 의사와 환자의 신뢰 관계는 갈수록 엉망이 됩니다.

의사의 본래 역할이 뭐죠? 사람이 건강하게 사는 걸 돕는 거예요. 국민이 건강할수록 의사에게 인센티브가 가야지, 국민이 아프고 불안할수록 의사에게 인센티브가 가는 방식의 이런 행위별 저가 수가 체제로는 건강한 삶을 보장하기 어렵습니다.

의료협동조합들은 보통 일차의료를 중심으로 지역사회에서 일하고 있습니다. 현재 일차의료 시장은 과잉 경쟁 속에서 대형병원만 살아남고 작은 병원들은 굉장히 어려운 상태이구요. 일군의 일차의료 의사들이 이 어려움을 제도적으로 돌파하고 우리도 의사답게 좀 살아보자라는 목소리를 내야 지속적인 환자–의사 신뢰 관계를 중심으로 예방과 진료, 재활이 통합된 주치의 제도로 갈 수 있지 않을까 생각합니다. 이런 바탕 위에서 비로소 주치의 프로그램을 기반으로 의원을 운영하는 의료협동조합들이 필요한 의사선생님들을 충분히 구할 수 있겠지요.

3

조합원이 협동조합의 의료기관을 이용하면 어떤 혜택이나 할인을 받을 수 있나요?

조합원들에게 의료기관 할인이 되냐고 많이 물어보시는데요. 할인율은 크지 않습니다. 의원은 예방접종이나 비보험 검진의 경우 10퍼센트, 치과의 경우 3~20퍼센트를 할인해주는 조합원 지원이 있습니다. 개인병원 의사와 친분이 있으신 분들은 살림이 아니라 개인적으로 아는 의사에게 진료받는 편이 가격면에서는 더 쌀 수도 있어요.

살림에서 치과를 만들 때 그동안 치과에 다녀보면서 좋았던 점, 아쉬웠던 점을 여러 번의 조합원 토론회를 통해 모아보고, 그렇다면 우리 살림치과는 어떤 것을 추구하고 가장 우선순위에 두어야 할지 같이 정했었거든요. 그때 나왔던 가장 중요한 가치는 싸게 하는 게 아니었어요. 내가 지금 임플란트를 한 개만 하면 되는데 네 개나 하라고 권하는 치과가 아니었으면 좋겠다, 눈에 보이지 않는 소독과 살균 등 위생에 관해 완전히 믿을 수 있으면 좋겠다, 치과 치료를 받는다는 것이 환자에게는 상당히 두렵고 긴장되는 일이라는 것을 알아주는 치과였으면 좋겠다는 거였어요.

내가 지금 돈이 좀 더 들더라도 치아는 100세까지 써야 하는 것인데, 내 인생 전체의 관점에서 비용의 총계를 최소화하고 삶의 질을 유지시키는 최적의 제안을 해줄 수 있는 의사, 그 제안을 듣고 내린 나의 결정을 존중해주는 의사, 결국 환자인 나의 입장에서 진료해줄 수 있는 의사를 만나고 싶다는 것이었어요.

살림의 사업소들은 이용가가 그렇게 저렴한 병원은 아닙니다. 운동센터도 마찬가지예요. 우리가 추구하는 서비스는 양질의, 적정의, 인간적이면서 동시에 대중적이고 지속가능한 서비스입니다.

영업이익을 많이 남겨서 경영자나 주주에게 이익을 분배하는 것을 목표로 하지 않기 때문에 원재료나 직원들의 교육훈련, 공간의 쾌적함 등 질을 높이는 데 더 많이 투자할 수 있습니다. 이것이 고객이 가격에 비해 받는 가치가 더 크다고 느끼는 중요한 요인이죠.

살림은 지금까지 꾸준히 조합원과 이용자가 늘어나고 있거든요. 동시에 저희는 '건강 약자'라고 부르는데, 사회경제적으로 취약한 분들께는 의료비나 운동수강료를 지원하는 예산을 가지고 있습니다. 지원대상은 가정폭력이나 성폭력 피해자, 경제적으로 취약한 한부모 가정이나 장애인 분들, 홈리스 분들, 탈학교 청소년 등 갈수록 다양해지고 있어요. 여러 기관에서 의뢰를 하기도 하고, 법적으로 취약계층으로 분류되지 않아 지원의 사각지대에 있는데 실제로는 아주 절실한 분들을 지역주민이나 조합원 분들이 발굴하기도 합니다. 건강 약자를 위한 기금은 조합원들이 총회에서 결의를 해주신 금액을 기본으로 하고 외부 재단에서 연계한 금액을 더해서 마련합니다.

살림은 조합원 할인을 '조합원 건강지원'이라고 부릅니다. 건강지원이 추구하는 바는 명확합니다. 예방과 관련된 것에는 화끈하게 지원하지요. 예를 들어 운동은 굉장히 좋은 예방책이지요. 그러면 운동과 관련된 프로그램 이용비는 비조합원과 조합원 가격이 20퍼센트씩 차이가 나요. 치과에서도 이빨이 썩지 않게 예방하는 불소도포의 경우 일반 진료에 비해 훨씬 많이 지원합니다. 초음파 검사 같은 검진, 독감주사와 같은 백신 접종도 예방이니 마찬가지로 지원을 많이 하고요. 이런 조합원 지원에는 항상 '지향'이 있고 지원 항목들은 조합원들이 경영회의를 통해 넣기도 하고 빼기도 합니다.

처음 살림의원을 만들 때는 점 빼는 것도 조합원 지원에 들어가 있었어요. 그런데 2년 정도 지나고 다시 경영회의를 했을 때는 점을 빼는 것은 예방과 큰 관련이 없는 것 같다는 의견이 나와서 지원 항목에서 빼는 것으로 조합원들이 결정했습니다.

4

여성주의, 페미니즘이라는 말이 다른 이들이 협동조합에 동참하는데 진입 장벽이 되지는 않나요?

제가 한 번 좀 곰곰이 생각해봤어요. 여성주의나 페미니즘이 진입 장벽일까? 사람들은 생각이 다 달라요. 생각의 차이 자체가 장벽이면 사람들이 서로 어떻게 대화를 하고 뭘 같이 하겠어요. 오히려 상대방이 나랑 생각이 다를 수 있는데, 어떤 시간 투자나 노력도 하지 않으면서 자기 의견만 받아들이기를 바라는 것, 그것이 바로 장벽이라고 생각해요. 여성주의가 좋은 것처럼 다른 좋은 가치나 신념의 체계들도 많습니다. 서로 같이 자기가 좋다고 생각하는 것에 대한 얘기를 하는 거지 특정 '주의' 자체가 진입 장벽이 되나요?

저는 콘텐츠가 문제라기보다 방식이나 프로세스의 문제가 훨씬 크다고 생각합니다. 여성주의자가 얼마나 다양한데요. 제가 대학에서 여성주의 학회 활동을 했을 때 읽었던 책에 이런 글귀가 있었어요.

'착한 여자는 천국에 가지만 나쁜 여자는 아무 데나 간다.' 그때는 천국 가고 싶어서 사회가 시키는 대로 하는 착한 여자 되고 싶지 않고 나쁜 여자가 되어서 나답게 살아야겠다고 생각했어요.

그런데 지금에 와선 제가 어떤 사람과 같이 활동하고 관계 맺고 싶은지에 대해 생각해보면 착한 사람이랑 하고 싶은 거예요. 여자고 남자고 트랜스젠더고 간에, 착하고 매력적이고 협동적인 사람의 곁에 있고 싶습니다. 그렇다면 저도 그런 사람이 되기 위해 노력해야겠지요.

남들과 더불어 살아가고 싶고, 심지어 내가 추구하는 가치에 공감하며 함께 행동해주기를 바라는데, 나 자체가 사람들에게 협동하고픈 사람인가, 이게 굉장히 중요하다고 생각해요. 원래부터 협동적인 삶에 어울리는 사람이 따로 있는 건 아니에요. 특히 한국 사회에서 우리는 협동적으로 키워지거나 살아오지 못했잖아요. 협동에 대해 아는 것도 별로 없고 민주주의에도 익숙하지 않고요. 우리가 민주주의라고 했을 때 떠오르는 게 선거 때 투표한 기억 정도니 얼마나 박한 경험치입니까. 남녀노소 불문하고 막상 모여보면 우리 모두 협동의 새내기인 경우가 다반사예요. 다 처음 배우거든요.

그렇다면 그 배우는 와중에 누가 얼마나 더 많이 열려 있고, 들을 준비가 돼 있느냐가 가장 중요하다고 생각해요. 또 아직 협동이 익숙치 않은 사람에게는 시간을 줄 수 있는 환경이면 더욱 좋겠지요. 살림에서 자주 사용하는 명언이 있습니다. 바로 '어제의 진상 환자가 내일의 활동 조합원'이란 말이요. 왜 우리라고 진상 환자가 없겠어요. 하지만 사람은 변화합니다. 바람이

자 실제 경험을 통해 계속 다져지는 확신이지요. 사람의 변화를 믿지 않으면 협동조합은 할 수 없어요.

어떻게 사람이 나아질 수 있는지, 모두를 보살피는 사람이 될 수 있는지 그 가능성을 계속 열어두고 키워가는 것이 중요합니다. 저는 여성주의 얘기를 열심히 할 것이고, 저와 만나고 이야기 나누는 그분들께 중요한 것이 있다면 또 열심히 듣고, 나도 계속 변화하면서 이렇게 가는 것이 좋겠다고 생각합니다.

5

살림 활동에서 여성주의를 기반으로 해서 더 좋아진 장점이라거나 여성주의가 반영되는 특징 등이 있을 것 같아요. 이런 점을 구체적으로 느낄 수 있는 에피소드가 있다면 말씀해 주세요.

콕 찝어 말해보라면 딱히 말할 것이 없다는 것, 이것이 '지역을 기반한 풀뿌리 여성주의'의 특징이자 매력인 것 같아요. 해마다 10강짜리 여성주의학교가 순식간에 신청이 마감되고, 신입조합원 교육에서도 여성주의에 대해 이야기하고, 여성주의 지향에 대해 명확하게 표현한 정관을 총회 때마다 다같이 소리내어 읽고 심지어 합창까지 합니다. 그렇다고 '여성주의자가 아니면 조합원이 되거나 이용할 수 없습니다', 이렇지는 않기 때문에 주로 사업소만 이용하시는 조합원들, 주민들은 특별히 느끼지 못할 수도 있어요.

물론 사업소에는 여성주의가 없고 조합 활동에만 있느냐 하면 전혀 그렇지 않지요. 가끔 조합원들이나 환자들이 이런 피드백을 주세요.

"제가 살림의원에 계속 오는 이유는 살림의원이 여성주의 병원이어서가 아니고요. 제가 애를 데리고 왔을 때 나무라지 않아서예요."

우리가 깜짝 놀라곤 하는 것은, 아픈 아이를 데리고 진료실에 들어오는 많은 보호자들이 의사가 뭔가를 물어보기도 전에 변명부터 한다는 거예요.

"사실 3일 전부터 열이 났는데요. 제가 사실 오려고 했거든요. 그런데 회사가 도저히 안 되가지고…"

누가 보호자들을 이렇게 만들었을까요? 이 분들은 "아니, 애가 사흘 전부터 열이 났는데 왜 이제 오셨어요? 뭐하셨어요? 엄마가 뭐했어요? 할머니가 뭐했어요?" 이런 말을 들어온 거예요.

우리의 여성주의는 이런 말이 왜 생겨났는지, 이런 말이 많아지는 것이 어떤 사회를 만드는지에 대한 감수성을 갖는 것을 소중하게 생각해요. 그리고 끊임없이 더 나은 방식을 생각하고 실천하려고 노력합니다. 돌보는 방법을 설명할 때 "애가 계속 열이 나면 엄마가 미지근한 수건으로 잘 닦아주세요"가 아니라 '보호자'라고 하자는 방침을 만들었지요.

가끔 실수로 간호사선생님이 "누구랑 누구 엄마 2번 진료실로 들어가세요." 하고 얘기하면 조합원 소통 창구인 '우리살림함'에 의견이 들어옵니다. "B 간호사님이 많이 수고하시는 것을 늘 감사하고 있습니다. 오늘 진료받으러 갔을 때는 저에게 누구엄마라고 부르시더라고요. 워낙 바빠서 놓치셨겠지만 다음부터는 그냥 제 이름으로 불러주셨으면 좋겠습니다."

이 사회에 사는 우리 다 어떤 순간에는 초짜잖아요. 이렇게 함께 있는 공간 안에서 바뀌는 거예요. 저는 여성주의 운동은 입으로 떠들거나 남을 가르치려는 계몽 운동이 아니라, 나 스스로를 밝혀서 주변을 환하게 하는 촛불 같은 운동이라고 생각합니다. 나 자신을 많이 돌아보고 작은 것 하나부터 계속 해내는 사람들이 여성주의에 큰 도움이 되고 있다고 생각하고요. 굳이 여성주의자라고 자처하지 않아도 제가 봤을 때 분명히 여성주의자인 지역주민들을 많이 만나요. 여성주의는 누가 붙여주는 훈장이 아니잖아요. 저희가 여성주의라는 이름을 달고 조직을 만들고 사업을 하는 것 외에도, 보호자에 대한 사려 깊은 호칭 등 이런 세심한 지점에서 우리의 여성주의가 드러나고 공유되고 있다고 생각합니다.

6

협동조합에서 관계성이 핵심이라고 말씀해주셨는데, 조직 내 조합원들 사이에서 갈등이나 마찰이 생겼을 때 어떻게 슬기롭게 해결해 가시는지 알고 싶습니다.

갈등이라는 건 사람이 모이고 생각이 다르면 늘 있게 마련이죠. 예를 들어 한 소모임원이 이야기를 시작하면 너무 길게 하고 다른 사람들을 붙잡아두려 해서 갈등이 생긴 경우가 있었어요. 그 소모임원 분들이 오래 견디고 어떻게 하면 상황을 개선할 수 있을지 고민도 많이 하셨는데, 몇 번의 회의 끝에 그분께 장문의 편지를 썼대요.

우리는 누구님이랑 같이 소모임 활동을 하는 것이 좋은데, 뒤풀이를 할 때 겁이 나는 것도 사실이라고요. 이런 솔직한 이야기를 한다는 게 결코 쉬운 일이 아니잖아요. 관계가 쌓이고 친해지고 난 다음에 편지로 마음을 전한 거지요.

안타깝게도 그분은 세상에 태어나서 이런 모욕은 처음 받아본다는 반응을 보이면서 소모임은 물론 조합에서도 탈퇴하셨어요. 나중에 제가 그분과 우연히 마주쳤을 때 자신의 일을 알고 있냐며 하소연하시는데, 눈에 눈물이 글썽글썽 한 거예요. 너무 속이 상하셨던 거죠.

자, 여기서 문제는 갈등 자체였을까요? 갈등을 해결하는 데 실패한 것일까요?

저는 나쁘게 생각하지 않아요. 각자 그 상황에 대해 어떻게 생각하는지 또 마음은 어떤지 고민했으니까요. 결국 나부터 먼저 변화해야 할 점은 없는지 또 공동체가 어떤 지향을 추구하고 그것이 나한테 무슨 의미인지 생각하는, 협동적인 사람들이 많이 생긴 거예요.

저는 어떤 사람이 공동체에 계속 있기를 바란다면 불편한 얘기도 해줘야 한다고 생각합니다. 그 사람의 입장에서는 어쩌면 사람들이 이유도 모르게 자기를 계속 떠났을 수도 있잖아요. 갈등이 작을 때 빨리 이야기할 수 있어야 한다고 생각해요.

작은 소모임에서부터 큰 조직 전체에 이르기까지 갈등은 굉장히 많을 수밖에 없습니다. 해결 방법은 상황과 경우에 따라 다르겠지만 일단 문제의식을 빨리 꺼내놓을 수 있고, 일을 해결하는 과정 위에 이야기가 놓일 수 있도록 체계를 만들어야 해요. 우리 살림함에 의견을 쓰는 종이에는 자기 이름, 연락처, 바꿔보고 싶은 내용, 그리고 이를 위해 자신이 할 일을 적도록 하고 있어요. 질문과 답변도 모두 공개되고요.

숙고하고 예의 있게 이야기하고, 책임감 있게 대답하고 함께 해결하는 것. 모든 문제가 사람과 동떨어져 있지 않기 때문에 사람과의 관계를 쌓아나가며 해결하는 방식을 모색하는 조직 문화를 만들어가는 방향으로 노력하려 합니다. 무엇보다 조합원들 스스로 다양한 케이스를 접하면서 자신을 돌아보고 공동의 해결 방법을 찾는 경험을 하는 것이 공동체의 역량을 높이는 가장 기본적인 방법이죠.

농촌에서 꾸는 새로운 꿈

윤인숙

윤인숙 | 비폭력 대화 강사. 전 산청간디숲속마을 대표

강연자 윤인숙은 서울대학교 조경학과에서 학부 졸업 후, 전공을 도시계획으로 바꾸어 대학원에 진학, 환경대학원 도시계획 박사학위를 취득했다. 이후 주택정책에 관한 연구와 활동을 하다가, 대안적 삶에 대한 관심으로 귀촌했다. 산청간디숲속마을에서 허브 농사를 지으며 마을의 대표로 일했다. 자기 삶을 돌보고 공동체를 운영하는 노하우로, 비폭력대화 강사이자 마을 활동가로서 활발히 활동 중이다.

마음을 정하다

반갑습니다. 책으로 먼저 인사드릴게요. 2014년 7월 회사를 그만두고 귀촌해서 그해 11월에 책을 냈어요. 회사 다니면서 주말을 시골에서 보낸 이야기를 담았는데, 사람들한테 확 다가가는 제목을 지으면 좋겠다는 생각이 있었어요. 예를 들면 '박사 엄마의 귀촌 이야기' 같은 제목이요. 그런데 『마음을 정하다』로 세상에 나왔죠. 출판사 사장님이 편집장에게 "그래서 이 책 결론이 뭐야?"라고 물어봤는데 편집장님이 "회사 다니다가 귀촌하기로 마음을 정했답니다"라고 대답했대요. "그럼 마음을 정하자네"라고 사장님이 한마디로 정리해서 이 제목이 정해졌지요. 책의 내용은 1년 동안 주말 시골살이를 한 이야기, 대안교육에 대한 이야기, 비폭력대화에 대한 이야기입니다.

늦게 깨우친 공부의 재미

1983년에 농과대학 조경학과에 입학했어요. 고등학교 2학년 때 우연히 여성 조경가가 쓴 신문 칼럼을 읽었어요. 어릴 때부터 남자 같다는 소리를 들을 정도로 활동적이었는데 조경가가 되면 현장을 누비고 다닌다는 말에 귀가 번쩍해서 '그럼 난 조경과에 갈 거야' 하고 바로 결정했지요.

1학년 한 해 동안은 관악 캠퍼스에서 지내다가 2학년 때부터 수원 캠퍼스에서 지냈어요. 지금은 농대가 관악 캠퍼스로 옮겨 왔지만 당시에는 수원에 있었어요. 캠퍼스가 수원역에서 버스 타고 들어가는 곳에 있었는데, 주변 자연환경은 아주 좋았지만 건물이 많이 낡은 편이었죠. 캠퍼스 뒤편에는 딸기밭이 있었는데 주점도 겸해서 수업 땡땡이 치고 술도 자주 마셨어요. 술 마시고 돌아올 때는 비틀거리다가 길옆 도랑에 빠지는 친구들도 있었지요. 재미는 있었지만 나른하고 무기력한 시간이었어요. 중심에서 벗어난 변두리 인생, 그런 느낌이었죠.

4학년 올라가기 전에 1년간 휴학하고 운동권 생활을 했어요. 친구들보다 1년 늦게 졸업하고 잠시 방황을 하다가 신문기자가 되려고 했는데 시험공부가 너무 어려웠어요. 박학다식해야 하는 상식 공부가 특히 어렵고도 회의가 들었어요. 이런 공부를 계속해야 하나 고민하던 차에 중앙일보에서 전문기자 제도가 생겼어요. 한 분야를 깊이 공부해서 전문기자가 되는 것도 좋겠다는 생각이 들었죠. 뭘 공부하면 좋을까 고민하다가 전공을 도시계획으로 바꾸고 환경대학원에 들어갔어요. 조경과는 정원이나 공원 만드는 일을 하는데, 당시는 주택 문제가 너무 심각했어요. 공원 만들 땅에 차라리 집을 짓는 게 더 낫지 않을까 생각한 거지요. 그래서 도시계획 전공이 있는 환경대학원에 들어갔어요.

학부 때는 공부가 그렇게 재미없더니 도시계획 공부는 참 재미있었어요. 권태준 교수님의 계획이론 강의가 특히 좋았어요. 공부가 이렇게 재밌는 거구나, 처음 알았지요. 고등학교, 대학교 때는 공부를 그다지 열심히 하지 않았어요. 그러다 대학원에 와서 공부의 재미를 발견하고 이 길을 계속 가도 좋겠다 싶어서 박사과정에 들어갔지요. 그런데 1학기 끝나고 나자 바로 잘못 들어왔다는 걸 깨달았어요. 역시 공부는 내 길이 아닌데 왜 들어왔을까 하고 후회했죠. 그런데 중도 포기는 못하겠더라고요. 박사과정 1학기 마치고 결혼하고 아이 낳은 후 꾸역꾸역 수료하고 그다음 해에 취직해서 2년간 회사에 다녔어요. 회사 다니면서도 늘 박사논문을 써야 한다는 압박감이 있었어요.

어느 해 설날, 지도교수님 댁에 인사드리러 갔는데 사모님이 물으셨어요. "○○○ 박사는 논문 가지고 왔던데 윤인숙 씨는 논문 언제 써?" 그날 밤 집에 돌아와 자는 남편을 깨워서는 말했죠. "나 논문 써야 될 거 같아. 회사 그만두고 싶어." 그랬더니 남편이 하는 말이 "그럼 우리 집 경제는 누가 책임져?"였어요.

그때까지 제가 계속 돈을 벌어 가정을 꾸려왔기 때문에 당시 제대하고 취직한 지 얼마 안 된 남편은 아내가 돈을 안 번다는 걸 상상조차 해본 적이 없었던 거예요. 제가 스물여덟 살에 박사과정에 들어갔고 그해에 결혼을 했는데, 남편은 스물여섯이었어요. 남편이 군대 가기 전에 결혼을 했고, 남편이 군대 있는 동안 저 혼자 아이를 낳고 키웠죠. 그동안 저는 계속 일을 했고요. 지금 생각하면 참 제정신이 아니었어요. 제가 약간 울먹이기도 하면서 겨우 설득해서 회사를 그만둔 후 최대한 빨리 끝내는 데 초점을 두고 박사논문을 썼어요.

일의 보람을 느끼다

1998년 8월 박사학위를 받고 시간강사를 2년간 하다가 2000년에 둘째를 낳은 후 주택산업연구원이라는 작은 민간 연구소에 들어갔어요. 거기서 2년간 일했는데 연구소가 노조 문제로 시끄러워지자 재단이 연구소 문을 닫아버렸어요. 갑자기 실업자가 되었는데 그때 새로운 삶이 펼쳐지더군요.

당시 이명박 서울시장이 당선되면서 뉴타운 사업이라는 대대적인 재개발사업을 시작했어요. 제가 '걷고싶은도시만들기시민연대(도시연대)'라는 시민단체의 회원이었는데 쉬고 있다는 말을 들으신 대표님이 저를 부르셨어요. 지금 큰 사업이 벌어지고 있는데 문제가 심각하다고, 그런데 아무도 이 사업의 정체가 뭔지를 모르니까 정책 모니터링을 해달라고 부탁하셨어요. 그렇게 해서 도시연대에 정책 센터를 만들고 2년간 정책 모니터링을 했어요.

그 후 한국토지공사에 연구원으로 들어갔어요. 당시 토지공사는 환경운동단체와 갈등이 아주 심했어요. 논밭을 갈아엎고 산을 깎으면서 개발사업을 했으니까요. 특히 용인 지역에서 엄청난 갈등이 있었어요. 그런 갈등을 겪으면서 토지공사가 시민단체와 잘 지내려는 노력을 많이 했는데 마침 제가 그런 시기에 토지공사에 들어간 거예요.

당시 대학선배 어머님 장례식에 문상 갔다가 오랜만에 토지공사 다니던 여자 선배를 만났어요. 제가 시민단체에서 일하는 걸 아는 그 선배가 공사 연구소에서 사람을 뽑으니 한번 지원해 보라고 권유를 했어요. 제가 지금 개발 반대운동을 하고 있는데 어떻게 개발회사에 들어갈 수 있겠냐고 반문했더니, "그러니까 너 같은 사람이 들어와서 혁신을 해야지"라고 말하더라고요. 그 말에 마음이 움직였어요. '나를 필요로 하는 곳이 있구나!' 싶었지요. 처음에는 연구원으로서 일을 했는데 제 경력을 눈여겨본 높은 분의 차출로 일반부서에 파견 나가 사회공헌사업의 일환인 시민단체 지원사업을 맡았어요. 3년간 참 재밌고 보람차게 일했어요. 그러다가 2008년 이명박 대통령이 당선되면서 사회공헌사업이 축소되고 저는 연구원으로 복귀하게 되었죠.

2010년 대한주택공사와 한국토지공사가 통합되면서 새로운 시기가 왔어요. 두 회사 간의 치열한 외부 경쟁이 중단되니

회사생활이 다소 여유롭고 나른했어요. 그때부터 비폭력대화, 불교, 대안적인 삶 등 제 스스로를 돌보는 공부를 시작했어요. 그리고 2014년 비폭력대화 중재전문가과정을 통해 제 마음의 갈등을 돌아보고 중재하면서 회사를 그만두게 되었지요.

길 위에서 사직서를 쓰다

제 경력을 간추리면, 석사 마치고 서울주택도시공사 연구원 2년, 박사 마치고 시간강사 2년, 주택산업연구원 2년, 걷고싶은도시만들기시민연대 정책센터장 2년, 한국토지공사 연구원으로 9년간 일했어요. 2~3년 단위로 직장을 바꾸었고 한국토지공사에서 가장 길게 근무했습니다. 그곳에서 근무한 지 3년 정도 되었을 때 고민이 시작됐어요. 한국토지공사와 대한주택공사가 통합되기 전까지는 일이 무척 재밌고 의미 있었어요. 나는 돈 때문이 아니라 일이 좋아서 회사에 다닌다고 말했으니까요. 그런데 한국토지주택공사로 회사가 통합된 후에는 재미와 의미를 찾기 어려워서 항상 내적 갈등이 있었죠. '이 일을 계속 해야 되나?' 회의가 들었지만 사실 돈도 중요했기에 좀처럼 결정을 내리지 못했어요. 큰아이가 대학생, 작은 아이가 비인가 대안학교에 다닐 때라 돈이 많이 들어가던 시절이었거든요.

그렇게 4년을 더 다니다가 2014년에 마침내 회사를 그만뒀어요. 세월호가 침몰한 해지요. 그해에 저는 전혀 문외한인 스마트시티 분야의 국책과제 연구단 단장이 됐어요. 조직에서 일하다 보면 자기 전공이 아닌 일도 하게 마련이죠.

누구나 그렇겠지만 저는 평가받는 걸 정말 싫어해요. 존엄한 인간으로 태어나 매년 이렇게 평가를 받아야 하나, 회의가 들 정도로요. 당시 교수 출신이 원장으로 오면서 연구원에 아주 세밀한 평가제도가 도입됐어요. 논문 하나 몇 점, 외부 강의 몇 점, 보고서 몇 점, 이런 식으로 모든 일에 대해 점수를 촘촘히 매겨서 연구원들을 나란히 줄 세웠어요. 저는 논문 쓰는 걸 아주 싫어했는데 평가에서는 또 논문이 중요했어요.

이렇게 계속 평가를 받으며 살아야 할까 고민이 많았는데, 실장이 저에게 연구단장을 맡아달라고 제안했어요. "내가 그 일을 왜 맡아야 되냐"고 물었더니 "연구단장을 하면 평가를 안 받아도 된다"고 하기에 가겠다고 했어요. 그런데 막상 연구단에 가니까 평가제도를 운영하는 기획실에서 단장도 평가를 받아야 한다는 거예요. 그리고 연구단에 주는 점수도 기존보다 더 낮추겠다고 했고요. 안 오겠다는 연구원들을 설득해서 겨우 연구단에 데리고 왔는데 참 난감했지요. 연구원들은 평가 점수를 기존만큼 줘야 한다고 하고 기획실에서는 형평에 안 맞아 못 준다고 해서, 평가를 둘러싼 갈등이 굉장히 심했어요. '아, 정말 계속 이렇게 구차하게 살아야 하나', 머리가 아팠죠.

그러던 차에 세월호 참사가 터졌어요. 어느 날 밤 뉴스에서 세월호 유가족인 한 엄마의 인터뷰를 보았어요. "학원비 버느라고 애하고 저녁 한 번 제대로 못 먹었는데 애가 죽어버렸다"고 울먹이는데 그 말이 제 가슴에 콱 박혔어요. 큰애는 서울에서 대학에 다니고 작은애는 산청 산골에 있는 대안중학교에 다니던 때였는데, 저는 일 때문에 대전에서 혼자 지내고 있었거든요. 얼마나 잘 살겠다고 애들과 떨어져 이 스트레스를 받고 있나 싶더라고요. 그렇게 두 가지 일이 겹치면서 회사를 그만둬야겠다고 결심했죠.

7월 초에 회사에서 사용 가능한 휴일이 일주일밖에 없었는데 한 달짜리 휴가원을 내고 둘째 아이와 산티아고로 여행을 떠났어요. 산티아고로 여행 가자고 몇 년 전에 약속해놓고 계속 미뤘는데, '더 이상 미뤄서는 안 되겠다, 올해는 꼭 약속을 지켜야겠다' 싶었거든요. 물론 회사에서는 '불가능하다, 돌아오지 않으면 무단결근이고 퇴직금도 없이 바로 퇴직 처리한다'고 문자가 왔어요. 산티아고 길 위에서 바로 사직서를 쓰고 사진 찍어서 카톡으로 보냈죠. 그렇게 자유인이 되어 산티아고 여행을 마치고 돌아왔어요.

퇴사 후 인생 2막

저는 호기심이 많고 가만히 있지 못하는 성향이라, 무슨 일이든 끊임없이 벌여 여러 일을 하며 살아왔어요.

산티아고 여행에서 돌아온 후, 2014년 8월부터는 경남 산청의 간디숲속마을에서 본격적으로 생활하기 시작했어요. 이곳에서 수확한 제 첫 상품이 토종 박하차인데 보통의 페퍼민트차와는 완전히 달라요. 제가 페퍼민트를 잘라다가 말리는 것을 보신 옆집 할아버지께서 한번 맛보라며 박하를 주셨어요. 먹어보니 정말 청량함, 그 자체였어요. 그 후 어르신에게서 박하 뿌리를 얻어다 마을 빈 땅 여기저기에 심었어요. 잎이 크면 잘라다 말려서 포장하고 지인들에게 선물로 나눠주다가 그게 판매로도 이어져 소소한 돈벌이가 됐어요.

또 비폭력대화 지도자준비과정을 들으면서 사람들과 비폭력대화를 나누기 시작했고요. 주변의 귀촌한 사람들을 찾아다니며 인터뷰를 하고 글로 써서 지역신문에 기고도 했어요. 2015년부터는 마을 주민들 대상으로 비폭력대화 강의를 시작했습니다. 우리 마을 전체가 40가구 정도 되는데, 주민들에게 같이 공부해보자고 제안했더니 열 명이 신청했어요. 오전반, 저녁반으로 나누어 일주일에 한 번씩 3개월 동안 강의를 하고 나니까 강의하는 데 자신감이 붙었어요.

그 후 만나는 사람마다 비폭력대화를 배워보라고 권하니 강의 기회가 하나둘씩 늘어났죠. 전 직장의 직원교육에도 가고 군부대와 협동조합에서도 강의를 했어요. 2018년에는 한국토지주택공사에서 특별히 만든 감정코칭 교육에서도 강의를 했고, 충주에 있는 고도원의 아침편지 명상치유센터와도 인연이 닿아 한 달에 두 번 정도 강의를 나가고 있고요.

2016년 8월부터는 간디숲속마을의 대표가 되었어요. 2016년에 마을 대표가 새로 바뀌었는데, 새 대표님께서 제게 부대표를 맡아달라고 부탁했어요. 자신은 마을 허드렛일은 잘 하겠는데 회의에서 자신과 다른 의견이 나오면 욱하는 성질 때문에 화가 나서 진행하기가 어렵다고 하시더라고요. 제가 회의 진행을 많이 해봐서 잘하니까 진행을 전담하는 부대표가 돼달라고 했어요. 신규 주민이었던 저는 마을에 도움이 되고 싶었던 차라 승낙하고 부대표를 맡았죠.

그런데 새 대표님께서 취임한 지 6개월 만에 건강상의 이유로 사퇴를 하셨어요. 대표를 다시 뽑아야 했는데 다들 부대표가 그냥 이어서 대표를 하라고 했어요. 주민들은 제가 마을에 대한 애정이 있고, 생태환경을 잘 지키고 싶은 꿈도 있고, 갈등이 생겨도 크게 두려워하지 않고, 무엇보다 자신들은 이제 지쳤는데 저는 에너지가 있는 것 같다고 대표를 권하셨죠.

간디숲속마을은 해발 300미터 숲속에 대안학교와 함께 만든 생태마을이에요. 마을에서 제일 중요한 규칙은 생태화장실 사용인데, 2008년에 처음 마을을 만들 때부터 한 약속이에요. 또 농약과 비료를 안 쓰고 천연 세제만 써요. 이런 규칙을 지키며 마을을 자율적으로 관리해오는 동안 초기 주민들은 많이 지친 상태였어요. 생태적으로 사는 꿈을 가지고 마을을 만들었지만 각자 생각을 조율해가는 과정이 매우 힘들었던 거예요. 그래서 신규 주민인 제가 마을 대표를 맡아주면 좋겠다고 했고, 저 역시 그 말을 듣고 대표 일을 하자고 마음을 정했어요.

10년 전쟁을 끝내게 한 비폭력대화

제 삶에서 결혼과 육아는 '성숙으로 가는 길'이었어요. 제 인생에서 굉장히 중요한 사건이고 저를 성숙하게 만든 계기가 됐거든요. 저는 스물여덟, 남편은 스물여섯에 결혼해서 10년 동안은 그런대로 잘 살았는데, 2000년에 둘째를 낳고 나서 극심한 육아 전쟁을 했어요. 둘째를 낳을 때 제가 서른여섯 노산이라 일단 몸이 힘들더라고요. 큰애는 남편이 군대에 있는 동안 키웠기 때문에 육아를 분담하지 못했지만 둘째는 남편과 육아를 같이 나누고 싶었죠. 가사는 친정어머니가 해주셔서 분담할 필요까지는 없었고요. 남편에게 주중에는 힘들면 주말만이라도 육아를 같이하자고 했지만 당시 남편이 골프에 빠져 있어서 어려웠어요. 왜 꼭 골프를 지금 해야 하냐고 물으니 사교상 필요하다고 하더라고요. 사회생활 출발이 늦은 만큼 빨리 따라가야 하니까 사교를 위해 골프도 열심히 해야 한다는 논리였어요. 그 문제를 두고 남편과 10년 동안 전쟁을 벌였어요.

싸우고 각방 쓰다가, 투명인간 취급하다가, 다시 화해하기를 10년 동안 되풀이했죠. '내가 원하는 것을 말하는데 왜 서로 대화가 안 될까?' 너무 답답했어요. 대학원에서 계획이론을 배울 때 하버마스의 이상적인 의사소통 상황을 공부한 적이 있어요. 도시계획을 할 때는 주민들이 만족하도록 소통하면서 계획안을 만드는 게 중요하거든요. 제가 잠시 일했던 시민단체에서도 주민 참여와 소통이 굉장히 중요했어요. 학교와 사회에서는 소통이 중요하다고 배웠으나, 막상 집에서는 대화가 안 됐어요. 너무 힘드니까 '어디 가서 대화하는 방법 좀 배우고 싶다'는 생각까지 했지요.

비폭력대화를 처음 접한 것은 아이 선생님을 통해서였어요. 둘째 아이 교육이 힘들어 2008년부터 아이를 강원도 양양의 산촌유학센터에 보냈어요. 산촌유학센터 선생님이 아이들과 비폭력대화를 하시더라고요. 애들끼리는 서로 싸우고 갈등이 많이 생기잖아요. 아이들이 싸운 날에는 밤에 애들을 불러서 차 한잔 같이 마시면서 비폭력대화 카드로 대화를 시도하시는 걸

봤죠. 아, 세상에 이런 게 다 있구나. 간절히 원하니까 드디어 10년 만에 만나는구나 싶어서 비폭력대화를 배우러 갔어요. 기초과정의 첫 번째 시간에 제 대화법이 뭐가 문제였는지를 알게 됐어요. 바로 상대를 비난하는 말이었어요. 비폭력대화법을 배운 직후 모든 대화에서 비난을 끊었더니 서서히 제 삶에도 평화가 왔어요.

우리가 언쟁할 때는 비난으로 시작해서 비난으로 끝나는 경우가 많아요. 어제도 아침편지 명상치유센터에서 청년 45명과 공감 대화를 했는데, 애인끼리 참 많이 싸우더라고요. 상대에게 이해와 배려를 강요하다가 그게 안 되면 너는 왜 그러냐고 비난하면서 싸우지요. 제 큰아들도 여자 친구랑 끊임없이 싸우고 있어요.

"오빠는 그것밖에 안 돼? 오빠는 나를 만나기 싫은 거야? 오빠는 문제가 있어." 이런 식으로 말하니까 큰아들이 너무 힘들다고 하더라고요. 그 아름다운 나이에 연애를 하면서 왜 서로에게 비난을 퍼부으며 힘들게 할까, 너무 안타까워요.

첫째 아들의 '이제는 말할 수 있다'

부모자식 관계야말로 제대로 된 대화가 정말 필요한데도 잘 안 되죠. 저도 결혼 후 20년 동안 어리석고 무지하게 살다가 10년 전부터 비폭력대화법을 배우면서 비로소 아이들과 제대로 된 대화를 하게 됐어요.

저는 두 아들이 있는데, 둘 다 배우예요. 큰아들과 작년 11월부터 올해 4월까지 6개월 동안 일주일에 한 편씩 글을 나누었어요. 큰아들이 배우 지망생인데 오디션에 계속 떨어져서 자존감이 바닥 상태였어요. 중앙대 연극영화과를 나왔지만 서류 100개를 내면 10개밖에 연락이 안 왔는데, 그나마 그 10개도 매번 떨어진 거예요. 자꾸 떨어지니까 오디션을 보러 가면 달달 떨린다고 하더라고요.

제가 좀 힘이 돼주고 싶어서 "엄마랑 글쓰기 교환 한번 해볼래?"라고 제안했는데 아들이 흔쾌히 응했어요. 그렇게 저는 산청에 있고 아들은 서울에 살면서 일주일에 한 번씩 글을 교환했죠.

아들의 첫 문장이 "이제는 말할 수 있다"였어요. 자기 속마음을 다 얘기했는데 그 안에 슬픔이 가득했어요. 그 슬픔은 모두 부모가 만들었죠. 엄마랑 아빠가 싸우고, 아빠한테 혼나고 매맞을 때마다 마음속에 슬픔이 쌓인 거예요. 저는 항상 남편이 문제지, 저는 잘한 줄 알았는데 아니었어요. 저 역시 아들에게 큰 잘못을 저질렀다는 걸 알게 됐어요. 아들의 이야기를 읽고 공감해주고 같이 울면서 6개월 정도 지나니까 아들이 많이 회

복됐어요. 글쓰기에는 그런 치유의 힘이 있죠.

여러분도 부모님으로 인한 상처가 많을 거예요. 그런데 이제는 성인이 되었기 때문에 스스로 해결해야 해요. 부모한테 그때 왜 그랬냐고 물어도 부모는 공감하기 어려울 거예요. 비폭력대화를 배운 부모라면 "그때 많이 힘들었니? 그때는 내가 어리석어서 잘 몰랐다"고 말해줄 수 있지만 보통 부모들은 "다 지난 일을 왜 꺼내냐?", "너도 잘한 거 없어"라고 말할 수도 있어요. 결국 자기 상처는 자기가 해결해야죠. 여러 가지 방법이 있으니 각자 자신에게 맞는 방법을 시도해보기 바랍니다.

둘째 아들과 시작한 산청 생활

2005년 한국토지공사에 재취업을 했는데, 집은 일산이고 회사는 분당이었어요. 회사 숙소에서도 지냈고 일산과 분당 왕복 네 시간의 출퇴근도 1년 6개월 동안 했어요. 이듬해 큰애가 분당에 있는 예술 고등학교에 입학하면서 분당에 집을 얻어서 주중에는 큰애와 함께 지냈어요. 그때 초등학교 2학년인 작은애는 일산에서 친정어머니가 돌봐주셨는데 학교에 숙제를 거의 못해 갔어요. 친정어머니가 육아는 해줄 수 있지만 교육까지 맡아 하시기는 어렵더라고요. 도저히 안 되겠다 싶어 대안학교를 알아봤는데 도시에서는 보낼 수 있는 데가 없었어요.

어느 날 지인이 강원도 양양에 산촌유학센터를 열었다면서 초대장을 보냈어요. 산촌유학이 뭔지 궁금해서 구경이나 해보자는 생각으로 그곳을 찾아갔어요. 가보니 시골 빈 건물을 빌려서 아이들과 생활하면서, 인근의 작은 분교로 아이들을 보내는 프로그램이었어요. 학생이 없어서 사라질 위기에 처한 시골학교는 학생을 유치할 수 있고, 해당 지역도 살리는 좋은 방법이더라고요.

마침 선생님이 지금 산촌유학센터에 빈자리가 하나 남았으니 아이를 두고 가라고 하더군요. "우리 아이는 이제 겨우 초등학교 2학년인데 어떻게 이 먼 곳에 아이를 떼어놓냐"고 했더니 "그럼 캠프 보내는 셈 치고 며칠 두어보라"고 하시더라고요. 아이도 한번 있어 보겠다고 해서 얼떨결에 아이를 남겨두고 돌아왔어요. 3일 후 아이한테서 전화가 왔어요. 여기 있으면 학원 안 다녀도 되냐고, 그래도 된다면 1년 있어 보겠다고 했어요. 당시 둘째를 네다섯 군데 학원에 보냈었는데, 학원이 얼마나 지겨웠으면 저러나 싶었지요. 그렇게 우연한 인연으로 둘째 아이는 산촌유학을 하다가 2년 후 경남 산청의 대안학교로 옮겼어요.

산촌유학은 취지는 좋지만 문제가 좀 있었거든요. 시골에서는 부모가 농사일로 바쁘니까 애들이 학교에 오래 머물러야 해서 보통 오후 4시까지 방과 후 수업을 해요. 산촌유학센터에서는 하교 후 아이들과 야외 활동을 하려고 했는데 학교에서 아이를 안 보내주니 갈등이 생기더라고요. 그래서 아예 대안학교로 가는 게 좋겠다고 생각하고 경남 산청에 있는 간디어린이학교로 옮기게 됐어요. 그곳에서 학교와 함께 있는 생태마을을 처음 알게 되었어요. 간디학교 설립자의 취지가 학교는 마을과 함께 있어야 한다는 것이어서 학교를 만들면서 마을도 함께 만들었다고 하더라고요.

2013년 아이가 산청 간디중학교에 입학하면서 간디숲속마을에 집을 얻어 주말 시골살이를 시작했어요. 아이도 자주 보고 생태마을도 경험해보자는 생각이었어요. 대전에서 산청까지는 두 시간 거리라 금요일 저녁 퇴근하자마자 시골로 갔어요. 아이도 주중에는 기숙사에서 지내다가 주말에 집으로 왔고요. 그렇게 금요일 저녁부터 토요일, 일요일을 산청에서 보내고 월요일 새벽에 출발해서 대전에 있는 회사로 출근하는 생활을 1년간 했어요.

저는 항상 책을 쓰고 싶었는데, 도시에서 살 때는 쓸 내용이 없었어요. 일과 삶이 일치돼야 글이 나올 것 같은데, 도시는 그냥 일터잖아요. 글쓰기에 대한 열망만 가지고 있다가 시골살이를 시작하면서 그 이야기로 글을 써서 책을 내보자는 생각을 하게 됐죠. 주말을 시골에서 보내고 월요일에 도시로 돌아오면, 주말에 있었던 일을 그대로 복기해서 글을 썼어요. 그 글을 제가 아는 사람 100명에게 이메일로 보냈고, 1년간 쓴 글을 모아서 책을 낸 것이 처음에 말씀드린 『마음을 정하다』예요. 2014년 회사를 그만두기로 결정한 후 남편, 둘째 아이와 함께 산티아고 길을 걸었던 내용까지 포함해서 2014년 11월에 책을 출판했어요.

그리고 산청에서 땅 100평을 사서 작은 집을 지었어요. 시골에 살아보니 땅이 크면 땅의 노예가 되더라고요. 저희 마을은 계획하에 만들어서 가구당 필지를 300~400평 단위로 나눠서 분양했어요. 100평에는 집을 짓고 200~300평은 농사를 짓자는 야심 찬 계획을 세웠지요. 그런데 다들 텃밭에 대한 부담이 컸어요. 제초제를 못 치니까 5월부터는 완전 풀과의 전쟁을 치르는 거죠. 저는 작은 땅을 장만하기로 하고 동네에서 제일 큰 땅을 가진 분에게 100평만 잘라달라고 부탁했어요. 그 위에 10평짜리 작은 집을 짓기로 했어요. 오랜만에 만난 건축가 친구에게 제 계획을 이야기했더니 예전 신세를 갚고 싶다며 설계를 해주었고, 건축은 동네 젊은 목수님에게 맡겼어요.

저는 박하를 기르니까 박하를 말릴 온실도 짓고 다락방도 만들었어요. 산티아고 길에서 만난 집들을 보며 난로, 다락방, 천창이 있는 집에서 사는 꿈을 꿨는데, 그 로망을 다 실현했죠. 경사진 땅을 평지로 만들다 보니 온실 밑에 지하 공간이 생겨서 창고도 만들었고 그렇게 하나둘 늘어나서 30평짜리 큰 집이 됐어요. 단순히 거주하는 공간이 아니라 작업장이 됐지요.

올해는 마을 길에 메리골드를 옮겨 심는 작업을 하고 있어요. 마을 가꾸기 팀도 만들어봤는데 주민들과 시간 맞추기가 쉽지 않아서 제가 시간 날 때마다 조금씩 꽃을 옮겨 심고 있어요. 내년에는 마을 길을 메리골드로 완전히 덮어볼까 해요. 꽃이 금빛이라 참 환해요. 이렇게 저는 시골에서 자기를 발견하고 표현하며 살고 있어요.

귀촌해서 제일 좋은 점은 시간을 자유롭게 쓰며 산다는 거예요. 월요일 아침에 남들 출근하는 거 보면 엄청 뿌듯하지요. 저는 아무 때나 자고 아무 때나 먹어요. 저희 마을은 가로등이 없어서 해만 지면 깜깜해요. 잠은 주로 저녁 7~9시 사이에 자고 새벽 2~3시에 일어나고 낮잠도 자주 자지요.

자립하는 삶을 위해 필요한 것

제가 회사를 그만두고 시골에 갈 수 있었던 이유는 돈이 없어도 살 수 있겠다는 자신감이 생겨서예요. 당시 회사를 그만두고 싶기도 했지만 아이들이 대학교, 중학교에 다니고 있어서 돈도 필요했어요. 더 늦기 전에 아이와 많은 시간을 보내며 자유롭게 살고 싶다는 마음과 경제적으로도 여유가 필요하다는 두 가지 마음 사이에서 갈등했었죠.

그때 마침 비폭력대화센터에서 중재전문가 교육과정이 생겨서 교육을 받으러 갔어요. 비폭력대화로 하는 중재는 두 사람이 갈등할 때 두 사람의 욕구를 모두 충족할 수 있는 방법을 찾아가는 대화예요. 내면 갈등 중재도 비슷해요. 회사를 그만두고 싶은 생각 밑에는 자유롭게 살고 싶은 욕구가 있고 회사를 계속 다녀야 된다는 생각 밑에는 경제적 안정에 대한 욕구가 있었어요. 이 두 가지 욕구를 모두 충족할 수 있는 방법이 뭘까, 고민하다가 그 방법을 찾았어요. 바로 안 쓰고 적게 쓰는 거죠.

사실 아이들을 대학만 안 보내면 제가 돈을 많이 벌 필요가 없어요. 우리 마을 사람들이 적게 벌고도 그럭저럭 살 수 있는 이유는 자녀를 대학에 안 보냈기 때문이에요. 그리고 웬만한 것은 내 손으로 했어요. 선물할 일이 있으면 제가 만든 물건으로 선물했죠. 안 쓰고 적게 쓰는 삶의 상징적인 의미로 카페에서 3,000~4,000원 하는 커피를 안 사 먹기로 했어요. 한 3년간 사 먹지 않다가 작년부터는 강의로 돈을 좀 벌어서 가끔 먹고 있어요. 또 아이들 만나면 맛있는 음식 사 먹고, 화장품도 사주고 장도 봐주고 오는 정도는 되었어요. 대학 학비를 안 주는 대신 그 정도는 쓰고 있어요.

산청에서 새로 꾸는 꿈

저는 지금 여러 가지 일을 해요. 자연에서 박하차와 꽃차를 생산하고 생강청도 만드는 등 허브농사를 짓고, 마을 대표와 비폭력대화 강사, 작가라는 네 개의 직업을 가지고 있는 셈이지요.

제 꿈은 산청에서 '숲속힐링마을'을 만드는 거예요. 회사 그만두기 전부터 은퇴하면 자연에 가서 힐링캠프를 만들고 싶다는 꿈을 꿨어요.

아들 둘이 다 배우인데, 배우들이 댓글 하나에 자살하는 일이 있잖아요? 너무 안타까운 일이죠. 제가 비폭력대화를 공부하고 보니, 악성 댓글은 그냥 자기네들 한풀이로 하는 말인데 배우들은 그런 댓글을 보고 비관해서 자살을 하는 거예요. 악성 댓글을 다르게 해석할 수 있는 힘을 배우들이나 청년들이 길렀으면 좋겠다 싶어요. 그래서 그들과 함께 비폭력대화를 나누는 힐링캠프를 만들고 싶다는 꿈을 꿔왔어요. 산청 마을에 살다 보니 이미 이 마을 안에 자산이 많아서 마을 시설을 잘 활용해 힐링캠프를 만들 수 있을 것 같아요. 그러면 마을도 좋고 저도 좋으니 함께 길을 열어가고 싶어요.

우리 마을은 생태마을이라 마을을 잘 가꿔나가면 그 자체가 훌륭한 브랜드가 될 수 있거든요. 이를 위해서는 지금 생활하기 힘든 면을 개선할 필요도 있는데 그중 하나가 생태화장실이에요. 산청 마을에서 대부부분의 집들이 화장실을 마당 끝에다 짓다 보니 자다가 일어나서 나가려면 무척 불편해요.

우리 집을 지을 때 저는 화장실을 좀 다르게 짓고 싶었어요. 집을 짓기 전에 여기저기 보러 다니다가 산청읍에 있는 수선사라는 절에 갔는데, 그 절의 생태화장실이 정말 정갈했어요. 신발 벗고 들어가고, 전실에 손 씻는 곳도 있고, 일을 본 다음 왕겨를 뿌려서 마무리까지 깔끔했어요. 다른 절의 생태화장실에 가면 암모니아 냄새도 나고 참 힘들어서 '생태도 좋지만 이건 좀 아니지 않나?' 싶었는데 수선사의 생태 화장실은 기가 막힐 정도로 깨끗했어요.

그 절의 화장실을 모델로 해서 우리 집 화장실을 지었어요. 그 후 마을에서 새로 집을 짓거나 재건축을 하는 집은 우리 집처럼 화장실을 만들었어요. 우리 집이 일종의 모델하우스가 된 셈이죠.

다만 우리 집의 화장실 방식도 나이가 들어 이용하려면 좀 힘들 테니 나중에 개선이 필요하긴 할 것 같아요. 최근에는 두세 집에서 좀 더 개선된 형태인, 스웨덴제 생태화장실 변기를 들여놓았어요. 그 변기는 썩는 비닐을 사용하는데 비닐이 다 차면 묶어서 숲에 버려요. 그럼 바로 썩어서 자연으로 돌아가는 거지요. 변기에 앉으면 분뇨통의 뚜껑이 열리고 일어나면 바로 뚜껑이 닫혀서 냄새도 안 나요. 이렇게 생태, 생물, 미생물 전공하는 분들이 편리한 생태화장실을 개발해줬으면 좋겠어요. 수세식 화장실에서 사용하는 물이 얼마나 많아요? 저희 마을에 수세식 화장실을 설치한다면 매일 생수를 몇십 리터씩 사용해야 해요. 마을 물이 지하암반수라 엄청 좋은데, 그 좋은 물을 화장실에다 붓긴 아깝죠. 그래서 계속 생대화장실을 고수하는데, 기왕이면 아름답고 청결하고 냄새 없는 생태화장실을 만드는 게 꿈이에요. 지금 대학에서 공부하는 분들이 그런 걸 개발해주면 좋을 것 같아요.

태양광 발전기도 필요해요. 생태마을의 기본은 에너지 자립이지만 우리 마을에는 막상 태양광 발전기를 설치한 집이 그렇게 많지 않아요. 우리 집도 안 했어요. 지금 태양광 지원 사업이 한 달에 전기요금이 5만 원 정도 나오는 가구에만 해당되는데, 우리 집은 한 달 전기요금이 1만 원 이하가 나오거든요. 아직 시골에는 소형 태양광 공급 사업이 없는데, 소형 태양광을 설치해서 원자력에서 벗어나 에너지도 자립하고 싶어요.

마을 숲을 가꾸는 꿈도 있어요. 마을 뒤편에 만 평 정도의 마을 숲이 있는데 가꾸지 않아서 완전 덤불숲이거든요. 그 숲을 잘 가꾸고 싶어요. 10년 앞을 내다보고 틈틈이 가꾸고 있는데, 4년 동안 100평도 못 가꿨어요. 숲을 가꾸는 데는 사람 손도 필요하고, 기계도 필요하니 정부지원사업이 있다면 도움을 받아서 추진했으면 좋겠어요. 내년에는 마을 공방을 지을 예정이에요. 행자부와 산청군의 예산을 받아서 마을에 목공방, 비누공방, 수예공방, 베이커리 등 여러 공간이 들어가는 건물을 지으려고 해요.

결국 이런 일을 하다 보면 자잘한 의견 대립이나 갈등이 생기기 때문에 중간에 조정하는 사람이 필요해서 이런 부분에서 제가 해야 할 역할이 있을 것 같아요. 농촌에서는 마을 일을 진행할 때 주민들간의 대화가 꼭 필요해요. 어느 조직이든 다 대화로 풀어가지요. 대화라는 게 참 어렵지만 대화하는 기술을 익혀놓으면 삶에 자신감이 생겨요. 저는 옛날에 상갓집도 잘 못 가던 사람이었어요. 가서 뭐라고 말해야 할지 막막해서 어려운 자리는 피했거든요. 비폭력대화법을 배우고 나서는 그런 두려움이 없어졌어요.

이렇게 제 꿈은 자연환경을 잘 치유하는 것, 생태마을을 잘 가꿔나가는 것, 인간관계를 치유하는 것, 마을 공동체를 잘 가꿔나가는 것, 그리고 이를 기반으로 마을에 비폭력대화 힐링캠프를 여는 거예요.

2016년 저희 마을에서 비폭력대화센터 대표님을 모시고 청년 캠프를 열었어요. 스무 명의 청년이 참여했는데 아쉽게 1회로 끝났어요. 여름방학 때 마을 학교 강당을 빌려 워크숍을 열었는데 강당에 에어컨이 없어서 너무 더우니까 청년들이 강의 도중 자꾸 졸았어요. 또 강당 가까이에 생태화장실이 있었는데 냄새도 많이 났고요. 다 좋았는데 그 두 가지가 많이 힘들어서 결국 저희 마을에서 하는 청년 캠프는 1회로 끝났어요. 자연환경이 좋아도 시설이 편리하지 않으면 캠프를 진행하기 힘들더라고요. 앞으로 마을 시설을 잘 개선해서 다시 캠프를 열고 싶어요.

비폭력대화의 힘

오늘 이 자리가 여성 리더십 강연 자리이니 마지막으로 조직 생활에서 언어 사용에 대해 특별히 부탁드리고 싶어요. 회사에서 일 할 때 여성 후배들을 보며 안타까울 때가 종종 있었어요. 남자들은 상하관계가 분명해요. 제가 연구실장이나 연구책임자로서 "이거 좀 하면 어떨까?" 하면 남자들은 "네, 알겠습니다" 하는 반면, 여자들은 "그 일이 꼭 필요한가요? 꼭 해야 되나요? 다른 건 어떤가요?"라고 얘기해요. 물론 남자들은 앞에선 "네" 해놓고 뒤에선 안 하기도 하고, 여자들은 이런저런 말을 하다가도 일단 시작하면 일을 잘하기도 해요. 그런데도 처음 부정적으로 보이는 태도 때문에 제대로 인정받지 못하는 경우를 종종 봤어요.

조직에서 일할 때는 언어 사용에 좀 더 신중해야 해요. 저도 비폭력대화법을 배우기 전에는 아주 까칠하게 돌직구 스타일로 말했지만 대화법을 배우고 나서 그런 부분이 많이 개선됐어요. 상대의 마음을 기분 나쁘게 하지 않으면서 솔직하게 말하는 방법, 그런 대화 기술을 가진다면 남자든 여자든 삶의 큰 무기가 될 것 같아요. 여성연구소에서 여력이 된다면 여학생들을 위한 대화법 강좌를 만들어주시면 좋겠어요. 마지막으로 여기 참여하신 여러분들도 비폭력대화법에 관심을 가지고 공부해보면 좋겠다는 제안을 드리며 마치겠습니다.

Q & A

1

도시에서 주로 살다가 시골로 옮겨 지내고 계시잖아요. 불편하신 점은 없나요? 또 시골에서 생활하면서도 현대문명이 주는 편리함을 누릴 수 있는지요?

사실 제일 불편한 것을 꼽으라면 생태화장실이지만 그게 또 아주 불편하지는 않아요. 처음에는 무척 불편하겠다고 막연히 생각했지만 살아보니 저는 괜찮거든요. 우리 마을 사람들이 기존 화장실을 불편해하는 이유는 개량하지 않아서예요. 생태화장실이 불편하니까 수세식으로 바꾸려는 분도 있는데 저는 그분께 빨리 화장실을 개량하라고 했어요. 제가 대표로 일하는 동안에 마을 화장실 개량 사업을 한번 해보고 싶어요.

시골 생활에서 분명 개량할 부분도 있어요. 처음 우리 생태마을을 개발하신 건축가는 한옥을 현대화하자는 생각으로 집을 지었대요. 제가 생태마을에서 처음 살았던 집이 그런 한옥식 개량집인데 한옥을 현대화했다고 하니 '와, 멋있다'고 생각했지만 막상 살아보니 올라갔다 내려갔다 해야 하는 곳이 너무 많아 불편했어요.

시골은 바깥일이 많고 안에서도 할 일이 많기 때문에 무엇보다 이동이 편해야 해요. 물건을 싣고 내리면서 힘쓰는 일도 많아서 그런 일을 하기에 편리해야죠. 그런데 이동할 때마다 올라갔다 내려갔다 하려니 그게 힘든 거예요. 그래서 다른 집들도 지금 좀 더 편리한 환경으로 개량하고 있어요. 가운데 중정이 있던 집들도 중정을 거실로 바꿨고요. 저도 새로 집을 지으면서 사는 데 편리함을 가장 중요하게 생각했어요.

생태마을은 기술과 동떨어져 있을 거라는 선입견도 있지만, 오히려 현대사회에서는 기술이 있어야 생태적으로 완벽하게 또 지속적으로 살 수 있는 것 같아요. 도시에서 편리한 아파트에 살다가 생태마을에 들어갔더니 무척 불편하면, 결국 지쳐서 다시 도시로 나가겠지요. 계속 살려면 결국 기술이 중요해요. 지금 산림청장 하시는 분이 교수 시절 외국의 생태마을 사례를 연구해서 보고서를 냈는데, 그분 말씀이 생태마을의 핵심은 기술이라고 하더라고요. 화장실, 에너지, 하수처리 시스템 모두 기술이 있어야 해요.

지금 우리 마을의 하수도 생태적으로 처리해요. 수생식물이 하수를 정화한 뒤 개천으로 흘려 보내는데, 이 시설도 개선할 필요가 있어요. 제가 2019년에는 핀드혼이라는 영국의 생태마을에 가볼 계획인데, 그곳의 하수처리 시스템이 잘 되어 있다고 해서 배워오고 싶어요.

그 외에는 시골살이에 불편한 점은 크게 없어요. 요즘은 시골에서도 인터넷이 잘 돼요. 시골 사람들은 고립된 채 일을 하는 편이라 오히려 디지털화가 더 필요하죠. 사회관계망서비스도 많이 하고 마을 일도 밴드로 공유하거든요. 저는 텔레비전은 없지만 유튜브는 많이 봐요. 혼자 일할 때는 좋은 강의를 들으면서 해요.

또 10킬로미터 떨어진 면 소재지에 필요한 게 다 있어요. 대형마트도 두 개 있고 병원, 카페도 많고 스포츠 시설도 잘 갖춰 있죠. 노무현 정부 시절부터 지방에 투자를 많이 한 덕분에 편리한 시설이 많아요. 도시에서는 수영장에 등록하려고 줄을 선다고 하는데 저희는 그냥 수영장에 가면 바로 등록할 수 있어요. 탁구장도 비어 있고 자동으로 치는 기계도 있어서 제가 직접 문을 열고 들어가서 혼자 탁구 치다 와요. 또 배울 수 있는 기회도 무척 많아요. 다양한 평생교육프로그램이 많이 열려서 사람들이 이것저것 배우러 많이 다녀요.

2

결혼해서 살다 보니 중요한 결정을 할 때 남편과 가치관이 달라서 어려움이 있어요. 이런 차이는 어떻게 극복하셨나요?

저 역시 힘들었어요. 남편과 저는 지금도 많이 다르거든요. 남편은 좋은 대학 나와서 사회적인 관계 맺기를 하는 게 굉장히 중요하다고 생각해요. 저는 서울대를 나왔지만 행복하지 않았기 때문에 행복하게 사는 데 초점을 두고 있어요. 어디에도 얽매이지 않고 자유롭게 사는 게 중요해요.

둘째 아들을 대안학교에 보낼 때도 고민을 많이 했어요. 남편은 국정교과서도 안 가르치는 학교에 아이를 어떻게 보내느냐고 반대해서 제가 주변에서 조언을 많이 구했어요. 그랬더니 시민단체에서 일하시던 분이 요즘 독일의 엘리트 계층이 대안학교 출신이 많다고 하더라고요. '이거야!' 싶어서 남편한테 이야기했더니 남편이 그 말을 듣고 동의를 했어요. 대안학교를 보내고 나서는 남편이 더 좋아하면서 주변에 대안학교 전도사 역할을 하고 다녔어요. 보수적인 사람이 애들 교육은 대안학교에서 시킨다고 특이한 사람이라는 평을 들었다고 하더라고요.

3

혹시 자녀가 대학을 가지 않아도 좋다는 태도가 부모로서 약간 책임회피 같아 보일 수도 있다는 생각은 안 해보셨는지요? 그런 점 때문에 죄책감을 느끼지는 않으셨나요?

한 번은 큰 애가 "엄마는 서울대 갔으면서 자식들한테는 왜 대학 다니지 말라고 하냐"고 물었어요. 저는 "네가 다니고 싶으면 다니는데, 그건 네 선택이지만 엄마는 능력이 없다"고 대답했어요. "엄마는 서울대 나왔지만 행복하지 않았다, 나는 너희들이 행복하게 사는 게 중요하니까 대학은 네가 원하면 가라"고 했어요.

둘째 아이는 초등학교랑 중학교는 대안학교를 나오고 고등학교는 아예 안 갔어요. 제가 돈을 안 버니까 학비가 싼 인가형 대안학교나 일반 고등학교에 갔으면 좋겠다고 했더니 학교를 안 가겠다고 해서 무척 감사했지요. 학교를 안 가는 대신 청년극단에서 단원 생활을 했어요. 그러다 아빠가 대학은 가는 게 좋지 않겠느냐고 제안해서 검정고시를 보고 실기를 준비해서 부산에 있는 대학 연극영화과에 수시로 합격했어요. 11년 놀고 1년 준비해서 대학을 간 거예요.

저처럼 아이를 대안학교에 보내는 사람들은 아이가 어릴 때부터 공부를 시키기보다는 자기가 하고 싶어 할 때 시작하는 게 가장 빠르다고 생각해요. 너무 어릴 때부터 부모가 시켜서 공부하면 중학교 때부터 무기력증에 빠진다고 하더라고요. 중학교 선생님들이 힘들어하시는 이유 중 하나가 아이들이 아무것도 안 하려고 한다는 거예요. 지금은 대안학교에도 아이들이 무기력증에 빠져서 와요.

이와 관련해서 유튜브에 좋은 영상이 많이 있어요. 법륜스님의 '4차 산업 혁명 시대의 자녀교육' 같은 영상에도 그런 말이 나오는데, 공부는 하고 싶을 때 하는 게 가장 빠른 것 같아요. 저희 남동생네 아이도 어릴 때부터 공부를 많이 시켰는데, 중학교에 와서 무기력증에 빠져있더라고요. 공부를 하기는 하지만 도대체 왜 하는지 모르겠대요. 자발성을 중요시하는 동네에서 살아서 그런지, 저는 하고 싶을 때 하는 게 제일 좋다고 생각해요.

작은애한테도 대학을 왜 가려고 하냐고 자주 물었어요. "글쎄, 대학을 일단 가본 후에 필요 없다고 말하는 건 괜찮지만 안 가고서 필요 없다고 말하는 건 좀 이상하지 않아? 가봐야 알 수 있겠지"라고 대답하더라고요.

큰아들은 정규교육과정을 마치고 대학을 나왔는데 작은애는 초등학교 때부터 대안교육을 받았으니 큰애는 작은애가 너무 무식하다고 걱정을 많이 했어요. 그런데 올 초에 그러더군요. 대안교육을 시킨 엄마의 선택이 괜찮았던 것 같다고, 동생이 잘 컸다고요.

4

비폭력대화는 어떻게 배울 수 있을까요? 또 부부가 함께 배울 수 있을까요?

비폭력대화는 본인이 먼저 배워서 스스로 바뀌는 게 중요해요. 배우시는 분들이 "남편하고 같이 하면 좋을까요?"라고 묻는데, 남성들은 자기 마음을 표현하는 것을 엄청 불편해해요. 우리나라뿐만 아니라 서양에서도 남성들은 감정을 표현하는 게 서투

르다고 해요. 우리나라 남자는 울면 안 된다는 말을 듣고 자라고, 또 감정을 표현하면 연약하다는 말을 들으니까 절대로 자기 마음을 보이고 싶어 하지 않아요.

저도 남편에게 비폭력대화를 권했더니 "나는 문제없어. 우리 집은 당신만 고치면 돼"라고 하더라고요. 내가 먼저 배운 후 조금씩 달라지면 배우자도 관심을 갖게 되는 것 같아요. 아내가 바뀐 모습을 보고 자신도 배우러 오신 70대 남자분이 계셨어요. 본인이 먼저 하면 됩니다. 배우고 익혀서 본인이 행복해지고 평화롭게 대화하면 집안 분위기가 달라질 수 있으니 먼저 도전해보시면 좋겠습니다.

비폭력대화 기초과정이 18시간으로 구성되어 있어서 일주일에 한 번 세 시간씩 6회를 하거나 주말에 집중적으로 해요. 수업 후에는 연습모임을 만들어요. 일주일에 한 번씩 만나서 마음 클리닉을 하는 거예요. 일주일 동안 불편한 일이 있었다면 서로 얘기하면서 공감받고 날려버리는 거지요. 마음도 자꾸 세탁을 해줘야 해요. 안 하면 찌든 때가 쌓여서 계속 불편하고, 비슷한 상황이 벌어지면 자꾸 화가 일어나게 돼요. 비폭력대화를 공부하다 보면 자신의 옛날 이야기도 꺼내놓게 되는데, 공감받고 나면 상처에서 많이 벗어나는 것 같아요.

5

'서여리강'은 사실 여성이 차별과 부당함을 많이 경험하지만 또 여성인 것이 장점일 수 있으니 그걸 찾아내어 새로운 여성 리더십을 발굴하자는 취지에서 시작했습니다. 특히 서울대에서 공부했던 여성들이 과연 이 사회에서 어떻게 생존하고 도약했나를 찾아보는 것이 우리 강연의 중요한 목적이고요. 페미니즘도 여러 조류가 있지 않습니까? 여성으로서의 차이를 오히려 장점으로 전환해가는 과정이 필요하다고 보고요. 저도 주변에서 비폭력대화 하시는 남성 선생님들 강연도 좀 들어보았습니다. 혹시 여성 비폭력대화 강사로서 본인의 경험세계가 남성 강사와 좀 다른 면이 있지 않았을까요?

저는 한국토지공사에 재취업해서 팀장으로 일을 했는데 많이 존중받았던 것 같아요. 첫 번째 팀원을 받았을 때 너무 제멋대로인 직원이 있어서 어떻게 하면 내 말을 잘 듣게 할 수 있을지 고민을 많이 했어요. 결국 해답은 팀원을 존중해주는 것이었어요. 일단 믿고 맡기니 너무 잘하는 거예요. "해!"가 아니라 "잘할 거 같으니까 한번 해볼래?" 이렇게 말했던 것 같아요. 비폭력대화를 겸비하고 나서는 좀 더 부드러운 리더가 될 수 있었어요.

똑똑한 학생들이 자기 의견을 강하게 주장하기도 하죠. 또 상대가 자신과 의견이 다르면 속상해하면서 더 강하게 주장할 수도 있는데, 비폭력대화법을 익혀서 상대의 생각을 묻고 또 본인 생각을 말하는 방식으로 대화를 한다면 사회에서 훨씬 환영받을 것 같아요.

저는 사실 여성 리더십이 뭔지, 제가 여성 리더로서 어떤 특성을 발휘했는지 잘 모르겠어요. 예전에는 '까칠하다', '직선적이다', '상처 주는 말을 자주 한다'는 말도 꽤 들었어요. 스스로를 똑똑하다고 생각하는 여성들이 많이 듣는 말이에요. 그런데 팀장이 되면서부터는 그렇게 해서는 직원들에게 일을 시킬 수 없다는 걸 깨닫게 됐어요. 일을 잘 시키려면 부탁조로 하자고 약간 머리를 썼는데 그게 잘 통했어요. 비폭력대화를 배우고 나니까 그런 방법이 일하는 사람들의 자율성을 훨씬 높여준다는 걸 알게 됐어요.

6

도시계획을 전공하셨고 그 분야에서 일하신 경험도 있으시잖아요. 그런 전공이나 직업 경험이 지역공동체를 형성하는 데 어떤 도움을 주었는지요?

대학원 수업은 이론적이라 실천할 수 없는 공부를 하고 있어요. 그래서 직접 체험을 하러 나가야 해요. 시민단체에서 활동할 때 주민참여 공론화 작업을 많이 했는데 사실 저는 그 일을 잘 못했어요. 독문과 출신 사무국장이 있었는데, 그분은 몸으로 부딪혀 주민들을 만나면서 소통 전문가가 되었어요. 저는 머리로만 배우고 막상 현장에 나가서 주민들을 만났는데 힘들었어요. 주민들이 "네가 재개발 지역을 알아? 살지도 않는 사람이 왜 재개발 반대하고 난리야. 우리는 재산 가치를 높이는 게 중요해"라고 비난하는 전화를 하면 무서워서 못 받고 실무자한테 넘겼어요.

제가 산청 생태마을에서 대표를 할 수 있었던 것은 비폭력대화를 배운 덕분이에요. 대화에 대해 두려움을 갖지 않게 된 거죠. 예전에 마을 중앙에 2차선 도로를 놓으려고 하는데, 면사무소에서 주민 의견을 수렴해오라고 했어요. 마을에서 회의를 하는데 서로 의견이 다르니 분위기가 이상해졌어요. 그래서 제가 손들고 나가서 정리를 했어요.

비폭력대화에서 쓰는 기법으로 '포코너(4corners)'라는 것이 있어요. 하면 좋은 점, 하면 안 좋은 점, 안 하면 좋은 점, 안 하면 안 좋은 점, 이 네 가지를 다 들여다보고 의사결정을 하는 방식이지요. 그때는 하면 좋은 점, 하면 안 좋은 점 두 측면만 봤는데 바로 결정이 되었어요. 그렇게 싸움 없이 대화할 수 있는 도구가 있었기에 대화에 대한 두려움이 없어진 것 같아요.

물론 두려움이 아예 없지는 않아요. 제가 공유 부지에 개인 물건을 치워달라고 세 번이나 부탁했는데 계속 거절하는 주민께는 한동안 두려움이 생겼어요. 그런데 대화법을 공부하는 사람이 대화를 두려워해서야 되겠나 싶어서 다시 부탁을 했고, 결국 그분이 부탁을 들어주셨어요.

7

부부 사이에서 남성들은 워낙 말을 안 하니까 여성들이 대화법을 익히는 게 좋다고 말씀하셨잖아요. 그런데 지금 문제는 마음에 안 맞는 사람과는 아예 대화를 안 하려는 사람들이 점점 많아진다는 거예요. 다양성을 주장하는 시대인 만큼 대화가 중요한데도 사람들은 대화는 너무 피곤하고 그에 따른 기회비용도 많이 든다고 생각하는 것이 아닐까 싶어요. 이에 대해서는 어떻게 생각하세요?

우리 사회는 서로 다른 의견을 조정하는 기술이 부족한 것 같아요. 다행히 요즘 공론회장들이 많이 열리더라고요. 비폭력대화 하시는 분들도 '촉진자(facilitator)'로 초대받고 있고, 그곳에서 희망을 보고 왔다고 말씀하시는 분도 있었어요. 대화하고 합의를 이끌어내는 방법에 대한 공부가 많이 필요한 것 같아요.

의견을 모으는 기술, 대화하는 기술이 없으면 공동체를 유지하기 힘들어요. 제가 생태마을에 대한 책을 몇 권 읽었는데, 미국의 이타카 에코빌리지 사례가 재밌었어요. 그 마을에는 매사에 반대하는 사람이 두 명 있었다고 해요. 그 사람들 반대로 되는 일이 없어서 대화법 강사를 초빙해서 대화 기술을 익혔다고 해요. 공동체를 만들 때는 합의를 이끌어내는 대화기술, 갈등이 생겼을 때 조정할 수 있는 대화 기술이 꼭 필요하다고 생각해요.

국악으로
경계를 넘다

허윤정

허윤정 | 서울대 국악과 교수

강연자 허윤정은 40여 개국에서 200회 넘는 연주회를 개최한 세계를 무대로 활동하는 국악 아티스트다. 국가무형문화재 제16호 한갑득류 거문고산조 이수자로 서울시립 국악관현악단 거문고 부수석을 역임했다. 앙상블 '블랙스트링'의 리더로서 아시아인 최초로 유럽 최대 레이블인 독일 ACT 음반사에서 음반을 발매했다. 북촌창우극장 대표를 역임하며, 신진국악 실험무대 〈천차만별콘서트〉〈창우월드뮤직페스티벌〉〈북촌우리음악축제〉 등의 예술감독을 맡았다. 2008년 문화관광부장관 표창, 2009년 KBS 국악대상 현악상, 2014년 이데일리 문화대상 국악부문 최우수 작품상, 2016년 한국대중음악상 크로스오버 최우수 연주상 등을 받았다. 미국 록펠러 재단 아시아 문화위원회(Asian Cultural Council) 레지던스 아티스트, 국립극장 2015년 〈여우락페스티벌〉 올해의 아티스트로 선정된 바 있고, 2018년 영국 송라인즈 뮤직어워즈에서 한국연주가 최초로 최우수 앨범상을 수상했다. 1996년 서울대학교 국악과 대학원을 졸업, 현재 서울대학교 음악대학 국악과 교수로 재직 중이다.

국악과 나

이번 강연 제목을 '국악으로 세계를 품다'라고 정해봤어요. 제가 하고 있는 활동에 대해 말씀드리는 일이 좀 낯 뜨거울 수도 있지만, 저를 알리는 일이 결국 국악과 거문고라는 악기를 알리는 길이라 생각합니다. 제 작업에 대한 이야기가 곧 국악이 지금 어떻게 변화하고 있는지 현주소를 알려 드리는 일일 테니까요. 국악이 좀 더 여러분 곁에 가까워지면 좋겠다는 마음으로 여기 섰습니다.

저는 거문고 연주자로 활동하고 있습니다. 음악가들은 음반이 자신의 명함과 같아요. 저는 거문고 독주곡집 〈젊은 산조〉 등을 냈고 최근에는 제가 리더로 활동하는 '블랙스트링(Black String)'의 음반도 냈습니다. 독주 연주뿐만 아니라 팀 활동도 하는 이유는 혼자 연주를 잘 하는 것도 중요하지만 다른 연주자와 앙상블을 만드는 작업 역시 중요하기 때문이에요. 혼자보다는 팀일 때 관객을 더 많이 만날 수 있어서 대학 때 '소리사위'라는 팀을 만들었고, 지금도 블랙스트링을 만드는 등 끊임없이 팀 활동을 해왔습니다.

저는 연주가가 본업이지만 기획자로도 활동하고 있어요. 공연예술가들은 각자가 공연 내용을 만들어 홍보해야 하기에 기본적으로 기획을 병행해야 해요. 저도 제 음악을 소개하는 일을 계속 하면서 자연스럽게 기획에 대해 배울 수 있었습니다.

제 부친은 연극연출을 하셨던 허규라는 분인데 돌아가시기 전에 작은 소극장을 지으셨어요. 제가 그 극장을 이어받아 운영하면서 다양한 프로젝트들을 진행했습니다. 지금까지 북촌창우극장, 천차만별콘서트, 북촌우리음악축제, 창우 월드뮤직 페스티벌, 북촌낙락과 같은 소극장 프로젝트들을 여럿 해왔습니다.

국경을 넘어서

저는 거문고산조 이수자입니다. 이수자는 국가로부터 이 전통을 계승하라고 임무를 받은 사람이에요. 제가 고등학생 때 거문고산조 명인이신 고(故) 한갑득 선생님을 만났어요. 거문고산조에는 여러 유파가 있는데 한갑득 선생님의 음악도 그중 하나죠. 제가 한갑득 유파의 마지막 제자로 선생님께서 돌아가시기 직전에 전수받았습니다. 지금은 한갑득 유파를 계승하는 이수자로서, 이 전통을 올곧게 지켜내는 일이 제 숙명이라 믿으며 또 가장 좋아하는 일입니다.

하지만 전통음악 연주가에게 시대적으로 요구되는 바가 단지 지키고 계승하는 일에만 그치지 않기에 제가 좋아하는 일만

할 수는 없습니다.그래서 거문고를 아는 사람들이 많아지고 또 국악이 좀 더 우리 삶 속에 들어오도록 다양한 작업을 병행해왔는데 그중 하나가 협업입니다. 다른 장르의 누군가와 만나는 것이죠. 제가 20~30대에 활동할 때만 해도 국악 무대가 그리 많지 않았어요. 특히 젊은 사람들은 연주할 곳이 없었습니다. 더군다나 거문고는 너무 근엄한 악기라는 생각 때문에 대중적인 무대 자체가 없었습니다.

저는 해외 무대를 한번 개척해보겠다고 생각했고 해외에서 여러 연주자들과 만나 협업했습니다. 2007, 2008년 뉴욕 레지던시 아티스트 프로그램에 참가해서 6개월 동안 머물면서 많은 연주자를 만났죠. 국악이 지역성, 특수성만이 아닌 보편성까지 가져야 한다고 생각하는 데 결정적 계기가 된 경험이었습니다. 보편성을 고민하면서 다른 나라의 아티스트들을 막상 만나보니, 모든 음악은 어느 정도 통하는 부분이 있고 국악처럼 수많은 민족 음악들이 세계에 걸쳐 펼쳐져 있음을 몸소 체험하게 되었습니다.

제가 최근에 활동하고 있는 팀 '블랙스트링'은 한글로 번역하면 검은색 줄이라는 뜻입니다. 거문고를 영어로 아주 단순하게 직역하면 검은 현이에요. '거문'이 검다는 의미고 '고'가 우리나라 현악기를 뜻하거든요. 거기에서 따온 이름입니다.

이 팀을 통해 많은 아티스트와 교류하는 과정에서 그 연주자들이 거문고와 한국 음악을 경험했다는 게 중요합니다. 제가 다른 나라 아티스트들의 음악에 맞추는 게 아니라 이분들이 우리 장단에 맞춰 연주를 해요. 먼저 한국의 장단을 알려주고 거문고의 음정과 우리 곡을 알려주면 이분들이 거기에 맞춰서 첼로, 색소폰, 피아노를 연주하거든요. 저와 함께 연주했던 대부분의 연주자들은 유럽이나 미국에서 우리 한국 음악을 주제로 하나씩 곡들을 만들어서 연주합니다. 이런 활동들이 굉장히 보람 있어서 앞으로도 이런 작업을 계속할 생각입니다.

국악을 알리는 일은 결국 우리나라를 알리는 일이에요. 남미의 살사, 보사노바, 탱고 같은 민속음악들이 현재 주류를 이루는 서양 음악의 주요한 재료로 쓰이고 있거든요. 이런 음악을 들으며 "보사노바 리듬이 뭐야? 탱고가 뭐야?" 그런 질문을 하다가 그 나라에 대해 알게 되고 그 나라의 문화와 예술을 알게 되는 거죠. 인도 음악도 마찬가지예요. 비틀즈가 인도 음악에 심취하면서 인도 음악이 더욱 전 세계로 퍼지게 됐어요.

우리 국악의 굿거리장단 아시죠? 덩기덕 덩더러러러, 쿵기덕 쿵덕. 음악 용어에 '그루브'라는 말이 있는데 우리 장단에는 우리만의 특이한 그루브가 있어요. 역동적이고 살아 있어서 아주 매력적입니다. 비틀즈처럼 유명한 밴드가 우리 자진모리장단을 테마 삼아 음악을 만들어서 히트한다면 얼마나 좋을까? 이런 상상도 해봅니다.

이단 라헬(Idan Raichel)은 이스라엘의 싱어인데, 우리나라로 치면 빅뱅이나 방탄소년단(BTS) 같은 아이돌이에요. 그의 음악은 이스라엘 전통음악 그루브를 바탕으로 만들어서 이스라엘 색이 강한데 이 사람의 콘서트에 몇만 명이 모입니다. 이단 라헬도 저와 협업을 하면서 한국 음악을 경험했습니다. 영국인 캐스린 티켈(Kathryn Tickell)은 영국식 백파이프를 연주하는 영국적인 스타일을 지닌 사람인데 역시 블랙스트링 공연에서 협업했었죠.

이렇게 여러 음악가와 협업을 해왔고 앞으로도 협업의 가능성은 많이 열려 있습니다. 블랙스트링은 국악으로 세계와 만나는 무대에 새로운 발걸음을 뗀 팀인데, 저나 국악계뿐만 아니라 우리 음악계에도 의미가 크다고 생각합니다.

제가 3주 전에 영국의 시상식에 갔다 왔습니다. 『송라인즈(Song Lines)』라는 영국의 아주 유명한 월드뮤직 잡지가 있어요. 우리나라에서는 아직 월드뮤직이 비주류이지만 유럽이나 미국에서는 음악 장르의 하나로 탄탄하게 자리잡았습니다. 비서구권의 민속음악을 바탕으로 한 음악들을 모두 포괄하는 폭넓은 음악장르죠. 저는 월드뮤직이 민족성을 나타낼 뿐만 아니라 천편일률적인 대중문화를 다양화하는 데 기여한다고 생각해요.

월드뮤직 잡지인 『송라인즈』에서 음악시상식 '송라인즈 뮤직어워즈(Song Lines Music Awards)'를 매해 개최하는데 아시아

태평양을 포함한 전 세계 다섯 개 대륙에서 한 팀씩 뽑아 최우수 앨범상을 줍니다. 블랙스트링이 〈마스크 댄스(Mask Dance)〉라는 앨범으로 2018년에 한국 음악가 최초로 이 상을 수상했지요. 한국 전통 노래를 비롯해 거문고, 대금, 장구, 및 기타 한국 타악기로 연주한 음악이 담겼습니다. 일렉트릭기타도 사용하지만 음악은 우리 전통음악을 바탕으로 합니다.

아시아에서는 일본, 인도, 몽골이 월드뮤직 분야에서 30~50년 넘는 동안 자리를 잡아온 정통 강국입니다. 요새 중국이 신흥 강자로 부상하고 있는데, 엄청난 물량으로 밀어붙이고 있죠. 또 파키스탄, 터키, 중동 지역도 아주 강세입니다. 한국이 아시아 태평양에서 그런 나라들과 경쟁해서, 이번에 처음으로 수상을 한 겁니다. 그 기운에 힘입어 지금 더욱 열심히 활동하고 있습니다.

새롭게 만드는 전통

전통음악 외에 새로운 시도도 해왔습니다. 한국문화예술위원회에서 지원했던 공연예술창작산실에서 〈거문고 스페이스〉라는 작업으로 참여했어요. 저는 거문고를 만질 때마다 이것이 과거의 악기가 아니라 굉장히 미래지향적인 악기란 생각합니다.

이런 점을 관객과 교감하고 싶은 마음에서 〈거문고 스페이스〉라는 작품을 만들었습니다. 거문고와 멀티미디어 아트가 결합한 형태인데요. 무대 뒤에 입체 구조물을 세우고 거기에 영상을 투사하는 프로젝션 맵핑(Projection mapping) 작품입니다. 그 구조물의 가운데서 음악을 연주하면 거문고 현소리가 실시간으로 컴퓨터 미디어에 연결되어 소리가 변환되는 것입니다. 마치 타임머신처럼 거문고를 타고 과거부터 현재와 미래를 오간다는 의미를 담은 공연이었습니다.

제가 처음 작곡한 작품도 소개할게요. 거문고는 악기 군으로 보자면 기타와 비슷해요. 괘가 있는 긴 장방향 모양의 악기를 지더(Zither)류라고 하는데, 이런 악기가 전 세계에 다 퍼져 있어요. 그중에서도 거문고는 정말 독특합니다. 모두 여섯 줄인데 세 줄은 두껍고 세 줄은 가늘어요. 보통 이런 지더류의 악기들은 굵은 줄에서 가는 줄로 점차적으로 가늘어지거든요. 그런데 거문고는 굵은 줄, 얇은 줄, 굵은 줄, 얇은 줄, 얇은 줄, 굵은 줄로 얹어놨어요. 그리고 울림통하고 현 치는 부분이 하나로 되어 있지요. 이게 괘하고 함께 옆으로 빠져나오면 기타가 되는 거예요.

보통 울림통과 지판이 분리되는 형태로 변해가기 마련인데 거문고는 어떻게 보면 원시적인 형태를 그대로 유지하고 있기 때문에 더 독특하고, 다른 악기가 낼 수 없는 소리를 냅니다. 음

양의 조화가 가장 잘 어우러진 악기라고 할 수 있지요.

제가 거문고를 혼자 가지고 놀다가 원맨밴드를 해보자고 생각했어요. 원맨밴드는 혼자 다양한 소리들을 계속 쌓아가면서 음악을 만드는데, 그걸 듣고 '아, 거문고는 베이스도 되고, 높은 소리도 있고, 타악기도 되고, 멜로디도 할 수 있으니, 이걸 가지고 나 혼자서 만드는 음악을 해보자' 생각한 거지요. 루프스테이션이라고, 음악을 연주하면 플레이가 되는 동시에 녹음이 되는 기계가 있어요. 그걸 발로 밟으면서 제가 실시간으로 연주하고 녹음해서 틀고, 그 소리 위에 또 소리를 얹어서 녹음하고, 또 얹고 하면 두세 명이 연주하는 효과를 혼자서 낼 수 있어요.

〈마스크 댄스〉라고 처용설화를 모티프로 만든 곡도 있어요.

우리나라 처용설화 아시죠? 처용이 집에 들어왔더니 신발이 네 개가 놓여 있고 방에서 부인과 귀신이 동침하고 있더라, 처용이 들어가서 난리를 칠 수도 있었는데 바깥에서 노래를 부르며 춤을 추었더라, 그런 내용이에요. 귀신이 결국 대장부의 넓은 마음에 감탄해서 도망을 가고 다시는 오지 않았다는 설화인데, 이에 대한 전통음악뿐만 아니라 무용이나 노래도 있습니다. 스토리가 굉장히 재밌고 또 약간 기괴함도 있어서, 그런 것들을 역동적으로 재해석해서 음악을 만들었습니다.

블랙스트링의 음악에는 대금, 타악, 일렉트릭기타 소리도 있지만, 기본적으로 거문고가 낼 수 있는 다양한 음색과 음향들을 확장시키려고 했어요. 이런 조합의 음악이 세계 무대에서도 좋은 반응을 얻는 것 같습니다. 해외에서 월드뮤직을 많이 접한 관객들은 국악에 대해서 좀 알거든요. 전통음악은 다소 느리게 느껴지거나 선(禪)이나 명상적인 부분처럼 어렵게 느껴질 수도 있어요. 한국 사람들도 아직 국악을 어려워하죠. 이렇게 어려운 국악의 영역까지 익숙해지기 전에 퓨전 음악은 일종의 가교 역할을 할 수 있어요. 이 음악을 좋아하는 사람들이 한국 음악에 관심 갖고 한국 전통음악까지 넘어올 수 있게 되니까요.

이런 음악들이 세계시장에서 좋은 반응을 얻기도 합니다. '워멕스(WOMEX)'는 매년 가을에 열리는 세계에서 가장 큰 월드뮤직 박람회입니다. 전 세계에서 수천 개의 팀들이 지원하면 경쟁과 심사를 통해 단 몇십 팀만 선정됩니다. 선정되면 쇼케이스에 나가 연주할 기회를 얻는데, 유럽 여러 나라를 돌아다니며 쇼케이스를 여는 어마어마하게 큰 음악시장이에요. 온갖 연주자들이 모여 자기 음악을 홍보하는데, 저희가 2016년도에 선정돼 연주했습니다.

우리나라 전통 장단 중에 '칠채'라고 있거든요. 그 장단 위에 우리 남도가락을 얹는 전통적인 방식으로 곡을 만들고, 그것을 다시 블랙스트링 방식으로 재해석했습니다. 이 곡을 위해 일렉트릭기타를 치는 분이 장단을 배웠고요. 우리 음계를 본인이 어떻게 하면 잘 뒷받침해줄 수 있을까를 생각해서, 음악적으로 자기가 해왔던 방식과 전혀 다른 방식으로 이 음악을 만들었습니다. 저희가 이제 준 국악인이 되었다고 말할 정도예요.

이렇게 다른 분야의 음악인들이 같이 만나서 새롭게 전통음악이 변화합니다. 예를 들면 자진모리라는 장단 위에 혼자 기타로 즉흥 솔로를 하는 거예요. 그러면서 그 음계나 다른 것들은 또 한국적인 걸 쓰고요. 이런 우리만의 독창적인 음악으로 의미 있는 상을 타서 감개가 무량했습니다.

사실 저는 25년 이상 해외에서 연주를 굉장히 많이 했어요. 우리나라를 알릴 수 있는 것이 국악, 한식, 한복 등이 대표적이잖아요. 그러다 보니 외교부, 문화원, 대사관 등에서 초청을 해서 저희는 해외로 나갈 기회가 많이 있어요. 그렇게 교민들이나 외국인 관객들을 만나기도 하지만, 한 번 공연을 하고 되돌아오면 오히려 허탈하더라고요. 국위선양을 하고 온 것 같기는 한데 그걸로 끝인 거예요. 저만 그렇게 느낀 게 아니고 거기 계신 분들도 비슷하게 느끼더라고요. 저 공연을 또 보고 싶은데 그냥 한 번 하고 가버리면 또 언제 올지 모르는 거예요. 후속 연결이 안 되는 공연들은 허무한 면이 좀 있어요.

뉴욕이나 유럽에 가보면, 그 지역의 현지 음악가들이 '이번에 좀 독특하게 일본 고토(箏, 한국의 거문고와 비슷한 일본의 전통 현악기-편집자) 연주자랑 같이 공연 좀 해봐야겠다' 싶으면 동네에 사는 고토 연주자와 함께 투어를 돌아요. 그 지역에는 몽골 음악 연주자도 있고, 인도 음악 연주자는 더 쉽게 만날 수 있습니다.

반면 한국은 가성비가 안 좋은 거죠. 일단 너무 멀어 항공료가 비싸고, 섬나라처럼 고립되어서 버스나 기차로 올 수 없습니다. 또 현지에 사는 음악가 중 국악 연주자가 많지 않습니다. 그런 상황에서 한국에 있으면서 그들과 같이할 수 있는 방법은 현지에서 음반을 내는 거지요. 현지에서 음반이 나오면 원할 때 들을 수 있잖아요. 해외에 일회성 초청을 받아서 가는 것이 아니라 공연자로서 연주비를 받고 공연 표를 팔고 현지에서 다른 공연들과 경쟁할 수 있도록 실험해온 것이 벌써 10년 정도 된 것 같습니다.

10여 년 전 우리나라에 서울아트마켓이 생겼는데, 여기에 해외 감독들을 많이 초청하면서 우리 전통음악과 새로운 음악 간에 쌍방 교류의 물꼬가 트였습니다. 이것은 블랙스트링이나 저만의 성과가 아니고 국제 교류를 기획하신 모든 분의 성과라고 생각합니다. 이렇게 좋은 성과들이 우리 후배들에게 계속 이어지기를 바랍니다.

국악은 나의 음악적 모국어

저는 기획자로도 활동하고 있습니다. 제 아버지께서 1993년에 북촌창우극장을 설립하셨는데 제가 2007년부터 맡아서 국악 전문 전용극장으로 운영해오고 있습니다.

북촌창우극장을 설명하기 위해선 제 아버지에 관해 먼저 말씀드려야 할 것 같아요. 아버지는 제게 가장 많은 영향을 주신 분이세요. 우리나라 1세대 연극인이시고, 서울대 연극부 출신이신데, 연극을 하려고 서울대를 오셨어요. 대학 때는 전공 학과 수업에는 절대 안 가시고 연극만 하시다가… 졸업을 잘 하셨는지는 모르겠습니다.(웃음)

아버지는 연극계 1세대의 시초라고 할 수 있는 '제작극회'에 1956년에 입단하셨고, 1960년에 연극계의 1세대가 다 모이신 '실험극장' 창단 멤버가 되셨습니다. KBS, TBC, MBC 3사가 개국하면서 거기서 피디(PD) 생활도 좀 하셨습니다. 드라마 피디로 〈수사반장〉, 〈탑〉 등 한국 드라마 역사에서 이름 있는 작품을 연출하셨는데, 프리랜서를 선언하시면서 저희 어머니를 힘들게 하셨지요. '난 연극을 할 테니 부인은 가정경제를 책임지시오.'라고 하셨대요. 그렇게 1972년도에 '민예극장'을 창단하셨어요. 신촌에 그 극단 연습실이 있었습니다.

제 어머니도 방송국 피디여서 일하러 가셔야 하니까, 어린 저는 아버지를 따라서 극단 연습실에 갔습니다. 거기서 저희 아버지가 마당극 작품을 만드셨어요. 왜 우리가 셰익스피어 작품만을 해야 하냐고 그러셨죠. 머리는 까만데 노란 가발 쓰고 분장해서 셰익스피어나 브레히트 연극을 하던 때거든요. 이런 문제의식을 느끼고 우리나라 연희, 전통 예술을 채집하신 거예요.

녹음기 하나랑 마이크를 들고 전국 구석구석 다니면서 현장조사를 하셨어요. 다 채집하고 보니까 우리나라에도 극이 있더라는 거예요. 탈춤에도 극이 있고, 무속음악에도 풍물놀이 안에도 말이죠. 그런 것들을 보시고, 관객과 무대가 분리된 서구 근대 형식의 극장식 연극이 아니라 판이나 마당에서 같이 벌이는 무대가 우리 연희의 특징이라고 하셨습니다. 그래서 마당극이라는 말을 최초로 만들고 본격적으로 하시게 됐습니다.

제가 맨날 연습실에 가면 지방에서 올라온 탈춤 명인이 탈춤을 가르치고, 누가 무용이나 살풀이를 가르치고, 또는 판소리나

장단을 가르치고 계셨어요. 그때 받은 그 조기교육이 얼마나 감사한지 몰라요. 매일 연극을 보니까 그때 연극 대사를 막 외운 거예요. 종알종알 외우다가 누가 막히면 옆에서 알려줬다고 합니다. 그곳에서 받은 조기교육 덕분에 국악이 저한테 음악적인 모국어가 된 거예요. 정말 감사하게 생각합니다.

지금 우리나라에 '국립창극단'이라는 곳이 있어요. 혹시 들어보신 적 있나요? '국립창극단' 공연은 꼭 가서 보세요. 요새 정말 멋있고 재밌는 공연을 많이 합니다. 저희 아버지가 이 창극단에 온 힘을 다 쏟으셨어요. 창극을 일본의 가부키나 중국의 경극과 같이 세계적으로 키우고, 우리나라의 전통 오페라로서 일으키겠다고 온 힘을 다 쓰셨어요. 저는 제 아버지뿐만 아니라 많은 분의 노력으로 창극이 오늘날 우뚝 섰다고 생각합니다. 또 한국적 축제를 만드는 데도 힘쓰셨습니다. 여러 고증을 거쳐 어가 행렬부터 민속 연희에 이르는 축제들을 만드셨죠. 아버지는 안타깝게 좀 일찍 타계하셨어요.

젊은 국악인을 위한 무대

제가 2007년에 극장을 이어받은 후, 이 극장은 젊은 국악인에게만 개방했어요. 나이 드신 중견 연주자, 명인 선생님들은 공연할 곳이 많고 부르는 곳도 많습니다. 그런데 젊은 연주자들, 특히 20대 연주자들이 설 무대가 거의 없어요. 서양 음악은 홍대 가보면 수많은 클럽에서 인디밴드들이 엄청나게 많이 연주하잖아요. 그들은 자기를 막 발산할 데가 있는데 우리 젊은 국악인들은 그런 무대가 없는 거예요. 국악 분위기가 '아, 뭐 20대가 벌써 무대 위에서 연주를 해? 아직 멀었지. 더 연습 열심히 한 뒤 40대 정도? 아니 40대도 어리지, 60대쯤 돼서 이제 명인이 됐을 때?' 하는 식이니까요.

제가 20대일 때 뭐가 필요했는지, 30대 초반일 때 뭐가 고팠는지를 생각해서, 젊은 국악인을 위해 전용 극장으로 무대를 만들었어요. 〈창우월드뮤직페스티벌〉이라는 작지만 내실 있는 월드뮤직 축제도 개최했고 또 〈우리음악축제〉라고 북촌 일대 한옥에서 펼쳐지는 축제도 기획했습니다.

당시로서는 최초로 국악계 소극장 장기 프로젝트로서, 20대의 젊은 신진 국악 연주가를 발굴하는 〈천차만별콘서트〉도 열었습니다. '천차만별'이라는 말 그대로 다양한 음악을 해보자는 것이었습니다. 이 당시 퓨전 국악들이 나오기 시작하면서 조금 천편일률적인 음악들이 많을 때였어요. 듣기 좋고 사람들이 많이 모이니까, 그런 비슷한 음악들을 더 많이 하는 거예요. 대중적이지 않아도 자기가 하고 싶은 음악을 실험하거나 독창성을 발휘하고 내면의 얘기를 던질 수 있는 때가 20대뿐이라고 생각하고 만든 게 〈천차만별콘서트〉라는 프로젝트였어요. 홍대에 인디밴드가 있다면 북촌에는 인디국악이 있다고 주창하며, 인디국악을 하자는 뜻으로 홈페이지 이름도 인디국악닷컴으로 만들었습니다.

저 혼자 한 일은 아니고 문화지역관광부에서 신진들을 위한 기금을 지원받아서 10년 동안 만들 수 있었습니다. 10년 동안 100팀 가량이 매년 한 번씩, 하루에 10팀 정도가 무대에 서고 200여 회 공연을 했어요. 그때는 젊은 친구들이 단독 공연을 한다는 게 굉장히 드물었고, 사실 거의 없었어요. 그런데 60분짜리 프로그램을 만들어서 단독 공연을 해보라고 하니까 되더라고요. 20대의 팔팔한 친구들이 단독 공연으로만 소극장 무대에서 경연을 하는 거예요. 그때가 막 〈슈퍼스타 K〉 같은 경연 프로그램이 나올 때였는데, 〈슈퍼스타 K〉가 나오기 전에 저희가 먼저 그런 멘토링 프로그램을 했다는 자부심이 있지요.

〈천차만별콘서트〉 출신으로 '잠비나이'라고 지금 세계적인 그룹이 된 팀도 있어요. 영국에서 음반이 나오고 세계적인 페스티벌에 초청을 받는 등 정말 대단한 그룹이 됐어요. 이 그룹은 피리, 해금, 거문고, 세 악기가 주도하고 드럼하고 베이스가 있는 국악 록밴드입니다. 이 친구들은 록페스티벌에 다니는데 이번에 텍사스 오스틴에서 열리는 세계적인 록페스티벌 사우스 바이 사우스웨스트(SXSW)에도 초청받고 대표 라인업에 올라갈 정도입니다.

이처럼 걸출한 젊은 연주가들이 〈천차만별콘서트〉를 통해서 많이 배출됐어요. 전통 악기끼리는 물론 서양 악기와도 많이 섞이면서 그들의 끼를 마음껏 펼쳤어요. 작년이 10주년이었고 2018년에는 쉬고 있고요.

국악을 통해 꾸는 꿈

저는 대학교에 온 지는 사실 얼마 안 됐습니다. 이제 3년 차 신임 교수입니다. 대학으로 오기 전에 서울시 오케스트라 국악 관현악단 단원으로 있다가, 뜻한 바가 있어 제 발로 나왔어요. 국악계에도 프리랜서 독주자가 살 수 있는 환경을 만들어보자는 큰 꿈을 품고 사직서를 냈는데 이후에 엄청 후회했어요. 고생을 많이 했거든요.

왜냐하면 무대가 없는 거예요. 그래서 무대를 만들어야겠다는 마음으로 열심히 활동했지요. 또 기획자로서 저 혼자만 잘되고 신나는 게 아니라 다 같이, 특히 젊은 친구들과 함께 해보고 싶어서 10여 년 동안 이런 작업을 계속 해왔습니다. 〈천차만별콘서트〉가 젊은 국악인을 위한 지원 프로그램의 씨를 뿌렸고 이제 그 소임을 어느 정도 했으니 다음 단계에 필요한 것들을 해야겠다는 생각으로 새로운 도약을 준비하고 있습니다.

세계에는 다양한 월드뮤직이 존재하죠. 국악은 국내뿐만 아니라 해외와의 소통을 통해 선순환이 됩니다. 제 꿈은 평양에서 연주하는 거예요. 북한에서는 전통 악기가 많이 달라졌거든요. 자기네 사상을 잘 전달할 수 있는 방식으로 모든 악기를 개량했어요. 해금, 가야금, 피리, 대금 등을 전부요. 그런데 거문고만 개량을 못 했어요. 거문고가 굉장히 고집불통인 악기라 개량을 하면 거문고가 아닌 게 되니까 못 하는 거예요.

북한에서도 거문고를 계속 연주한 분들이 계셨어요. 김용실 선생님 같은 분들은 계속 연주도 하셨고 작곡까지 하십니다. 저는 예전부터 북한 작곡가가 만든 거문고 작품도 연주하고 있어서, 거문고의 다양한 음악을 북한에서 꼭 한번 연주를 해보고 싶어요. 그러면 정말 신기하고 감회가 남다를 것 같아요. 거문고가 고구려의 악기잖아요. 그 본토에 가서 고구려의 기상을 펼쳐보고 싶은 꿈이라고 할까요. 교육자로서 저는 국악 교육과 현장의 맞물림을 고민하고 있어요.

교육 과정에서 준비되지 않으면 막상 공연 현장에 맞닥뜨렸을 때, 적응 기간이 너무 오래 걸리고 시행착오도 많거든요. 공연 현장과의 거리를 줄이고 달라진 공연 환경에 맞추기 위해 교육 환경 또한 바꾸어나가려 노력하고 있습니다.

국악은 결국 우리의 음악적 모국어거든요. 국악이 모국어가 아니라면 한국 사람들에게 서양 음악이 음악적 모국어일 수밖에 없는 상황이에요. 적어도 국악과 서양 음악이 이중 모국어 정도는 되도록 국악을 즐기는 분들이 더 많아지셨으면 좋겠어요.

요새 4차 산업 시대를 많이 거론하는데 가장 경쟁력 있는 콘텐츠 역시 음악, 특히 국악입니다. 또 모든 것에 예술로 감성을 입히는 시대니까, 여러분도 우리 문화예술을 좀 더 가까이 하시면 좋을 것 같아요.

Q & A

1

강연 들으면서 참 여러 가지를 느꼈습니다. 국악으로 조기교육을 받으시고 한국 예술을 공부하신 건데요. 새로운 음악 세계를 열고 극이라든지 다른 장르로까지 다양하게 확장하셨는데, 그렇게 할 수 있었던 동력이 무엇이었나요?

국악이라는 음악이 굉장히 종합적인 예술 형태예요. 무용, 노래 등이 다 합쳐진 종합예술 형태이다 보니 다른 장르와 교류하는 게 자연스러워요. 또 제 개인적인 기질도 약간 작용한 것 같습니다. 저는 좋은 게 있으면 공유해서 기쁨이 배가 되도록 나누고 싶은 욕구가 많은 사람이에요. 그래서 제가 거문고를 좋아하니 이걸 좀 같이 즐기면 좋겠다는 생각이 들었어요.

또 다른 제 동력은 사람 만나는 일을 좋아하는 거예요. 국악을 하며 다양한 연주자들을 만나잖아요. 좋은 예술가, 특히 좋은 음악가들은 정말 너무 겸손해요. 영어로 'humble'이라고 하잖아요. 진짜 대가가 어떻게 저렇게 겸손할 수 있을까 싶을 정도로 인간적인 매력을 느끼니까, 그런 분들을 만나면서 저도 좋은 음악가 이전에 더 좋은 인간이 되어야겠다는 생각도 많이 합니다. 정말 배우는 게 많기에 앞으로도 좋은 분들을 많이 만나고 싶습니다.

2

저는 어려서부터 서양 음악은 음악이라고 하면서 우리 음악은 국악이라고 하는 게 참 의문이었어요. 미술도 우리 미술은 동양화라고 부른단 말이죠. 우리의 것들을 스스로 먼저 주변화, 타자화하는 표현들을 사용합니다. 그런데 오늘 허 교수님 강연을 듣고 또 다이내믹한 국악 연주를 들으며 가슴이 철렁철렁한 느낌을 받았고요.

서양인들 요구에 맞추지 않아도 국악 자체에 서양 사람들이 맞추어 감응한다는 말씀이 무척 인상 깊었습니다. 전에 제가 감명 깊게 본 허 교수님 연주가 있어요. 허 교수님은 서울에서 연주하시고, 뉴욕 등 다른 지역 연주자들이 인터넷을 통해 상대의 연주를 서로 봐가며 동시에 연주하는 방식이었습니다. 상당히 즉흥적인 느낌의 연주들이었는데, 말씀대로 국악이 중심일 때 그분들이 맞추고 또 서양 음악이 중심일 땐 여기서 맞추는 식으로 대화가 이루어지는 음악을 하시더라고요. 상당히 영감이 충만한 연주였습니다.

뉴욕, 샌디에이고, 서울, 세 곳에서 실시간 콘서트를 했는데 뉴욕이 주최였기 때문에 거기 시간에 맞추느라 저희는 11시에 공연을 했어요. 토요일 아침인데 신기한 거 한다고 그 시간에도 보러 오시더라고요.

그런 식의 합동 연주는 일단 구성이 정해지면 제가 그 위에 즉흥 연주를 더하는 식으로 이뤄져요. 연주가의 음악에서 굉장히 중요한 부분이 바로 이런 즉흥성이죠. 서양 음악에도 사실 초창기에는 즉흥 음악이 많았다가 그게 점점 고정되고 있고, 국악도 지금 많이 고정화됐거든요. 그런데 이런 공연을 할 때는 즉흥성을 다시 살려내죠. 실시간 라이브 콘서트를 할 때는 시차가 있잖아요. 소리가 인터넷을 통해 넘어오면서 영점 몇 초 정도 늦어지는 시차가 있기 때문에 서로 딱딱 맞아야 하는, 고정적이고 작곡된 음악을 연주하기가 거의 불가능해요. 이럴 때 제일 잘 맞는 게 즉흥 음악이에요. 리듬이 별로 없고 선율이 부드럽게 흘러가는 걸로 합니다. 이런 협업을 하는 데 가장 중요한 것이 바로 즉흥 연주력입니다.

즉흥성이 중요한 이유가 또 있습니다. 외국처럼 멀리 떨어진 지역의 연주자들과 음악을 만들려면 비용이 높아지고 시간도 많이 들어요. 어떤 곡을 정해서 그 곡을 주고받고 연습하는데, 만나서 연습을 해야 하니까요. 보통 세계를 무대로 활동하는 연주자들 대부분이 일단 구성을 짠 후 공연 이틀 전쯤 만나서 이런 즉흥적 연주력으로 맞춰보고, 당일 연주합니다. 그런 연주들이 수없이 이뤄지고 그것을 할 수 있는 연주자와 공연 시장이 따로 있습니다.

이런 협업 시장에서는 어마어마하게 많은 사람이 즉흥적으로 연주하고 있어요. 우리나라도 이런 음악과 시장이 점점 더 활발해지기를 바라는 마음입니다. 국악에는 특히 우리 음악 특유의 즉흥성이 많거든요. 그것이 사라지는 게 안타까워서 계속 해가려고 합니다.

3

오늘 말씀을 들으니 선생님은 다양한 방면의 리더십을 갖춘 분이라는 생각이 듭니다. 블랙스트링, 북촌창우극장 또 교육계에서 리더십을 발휘해오셨잖아요. 그런 삶의 다양한 경로에서 여성이라는 정체성은 어떻게 작용했나요? 그것은 어떤 한계였을까요? 아니면 더 큰 예술적 감흥을 줬을까요?

저도 많은 여성이 겪는 감정을 비슷하게 느끼죠. 가장 어려운 일은 가정과 일을 병행하는 거예요. 특히 육아는 정말 힘들죠. 일하는 여성들은 육아 때문에 눈물 한 번 안 흘려본 분은 없을 거예요.

공연을 하면 다양한 사람들이 모이는데요. 외국 연주자들이나 기획팀 혹은 공연을 준비하는 조명, 무대, 음향, 기술 등 기술팀 들, 그중에서 저 혼자 여성인 경우가 많아요.

블랙스트링에서도 저 빼고 세 명이 다 남성입니다. 협업하는 연주자들도 95퍼센트 이상이 다 남성이에요. 그만큼 현장에서 활동하는 여성분들을 만나기가 힘들다는 건데요. 오해하시는 분들은 제가 여왕 노릇을 하려고 그런다고 우스갯소리도 하시는데, 그렇지 않습니다. 제가 속한 환경이 그렇게 돼 있는 거예요.

그럼에도 저는 여성적인 리더십이 굉장히 좋다고 생각합

니다. 일을 하면 할수록 여성이 갖는 어떤 유연성이나 포용력으로 분위기를 부드럽게 만드는 부분이 있다는 것을 느낍니다. 그게 모성인지 뭔지는 몰라도, 남자들끼리 있을 때보다 제가 가서 분위기를 만들면 팍팍하던 일도 굉장히 부드럽게 넘어가요.

한편 여성 리더들은 좀 독한 면도 있지 않나요? 육아 전쟁 같은 어려운 환경을 이겨낸 덕분인지도 모르겠습니다만, 아무튼 좀 독해집니다. 어쨌든 리더가 다 끌어안을 수만은 없지요. 지시도 해야 되고 야단도 쳐야 되고 끊을 건 끊어야 되는데, '여자라서, 나약해서, 내 말이 잘 안 먹힐 거야'라며 한 발 물러나 있을 순 없어요. 저는 오히려 제 전문성을 열심히 키워서 여기까지 왔습니다. 같이 일하는 남성분들한테도 나의 고집스러움이나 완벽하게 해내고자 하는 노력들이 느껴지는 것 같아요.

그래서 어려움을 정말 실력으로, 더 합리적으로 돌파하려고 하고요. 제가 무엇을 요구하거나 지시할 때 여성이기 때문에 저런다는 식의 평가를 받아본 적은 한 번도 없었어요. 뒤에서는 뭐라고들 하셨을지 모르지만, 정말 다행히도 제가 원하는 대로 다 이루어졌어요. 그리고 성별에 개의치 않고 사람 대 사람으로 제가 끝까지 요구하면, '아, 저 사람은 어쨌든 될 때까지 하는 사람이구나'라고 생각하시는 것 같아요. 그런 일이 반복학습이 되면서 그다음에는 한 번 말하면 어쨌든 되더라고요.

〈북촌우리음악축제〉를 할 때는 야외에 무대를 만들다 보니 실내 공연장에 비해 다섯 배 이상 일이 많았어요. 며칠 전부터 무대를 세워야 하는데, 한 번은 제가 원하는 대로 무대가 안 만들어진 거예요. 방향도 안 맞고 크기도 안 맞았어요. 마음이 좀 약하면 '아, 그냥 이렇게 하시죠. 이대로 가고 내년부터…'라고 할 텐데 제가 끝까지 안 된다고 했습니다. 얘기한 것과 다르니 바꿔 달라고 하는 바람에 언쟁이 붙었지만, 결국 끝까지 밀고 나갔거든요.

그렇게 한 번 하니까 그다음부터는 '이거 맞습니까?'라고 묻고 또 확인하고, 본인들이 고생할 거 아니까 애초에 잘못되지 않게 제대로 하더라고요. 조금 진부한 말일 수도 있는데, 엄마는 아이를 키우면서 정말 별의별 일을 다 겪잖아요. 아이 키우면서 갖은 고생을 다 해보고 나면 세상 밖에 나가서 그 누구와도 상대할 수 있을 것 같아요. 상대방이 오죽하면 그렇게 했을까 역지사지도 할 줄 알게 되지요. 저 사람도 오죽하면 저렇게 했을까 하고 이해하게 되지요. 여성 리더는 그래서 상대적으로 포용력이 많은 것 같습니다.

음악 연주계를 가만 들여다보면 여성이 리더인 그룹이 많이 없어요. 외국에서도 그렇습니다. 세계의 많은 음악들을 한번 보세요. 보컬은 기본적으로 여성이 많아요. 상업적으로 여성 보컬이 더 어필할 수 있는 게 음악 시장이거든요. 반면 기악 연주계에선 여성 리더가 있는 그룹이 정말 없어요. 그래서 저는 내가 뭔가를 남겨야겠다는 생각을 했어요.

얼마 전에 여성 작곡가면서 재즈 피아니스트인 칼라 브레이(Carla Bley)의 공연을 보았습니다. 80세 가까이 된 분인데, 기타리스트인 남편과 그룹으로 함께 활동하세요. 할머니, 할아버지 둘이 손을 잡고 나와서 공연을 하는데 너무 멋있더라고요. 제 남편은 음악을 안 하니 밑에서 악기를 들어주겠죠.(웃음) 할머니가 되어서도 거문고를 들고 나와 무대의 마지막까지 서보고 싶습니다.

4

지금 전통과 현대 그리고 미래까지 바라보는 음악을 하고 계시잖아요? 또 한국과 서양, 동양과 서양 간 음악이 교차하는 작업을 해나가고 계시는데, 한국 음악의 전통이란 무엇이라고 생각하시는지요? 퓨전 국악 장르가 그다지 낯설지 않은 시대에 허 교수님이 생각하시는 전통의 중심은 무엇인지, 또 앞으로 한국 음악의 현대화는 어떤 방향이었으면 하는지 듣고 싶어요.

사실 그런 질문도 많이 받고 저 역시 스스로 생각해보는데, 좀 조심스러운 부분이 있어요. 왜냐하면 예술은 무척 개인적인 작업이어서 작가의 창의성, 경험, 취향, 스타일 같은 것들이 중요합니다. 그런데 국악은 '우리 것을 사랑해야 한다'라는 목적의식이 앞서는 경향이 있어요.

한국에서 국제적인 행사가 열리면 항상 앞에 나서는 게 국악, 한국무용이잖아요. 전통적인 것들이 앞에 나서지요. 우리 것을 알린다는 사명감을 숙명적으로 가지고 있지만, 그것은 국악을 하는 사람의 몫이고요. 일단 저는 자기가 좋아하는 것을 해야 한다고 생각합니다. 그래야 좋은 예술과 음악이 나올 수 있거든요. 목적을 정해놓고 사명감으로 하면 거기서 벗어나지 못하는 것 같아요.

저는 젊은 친구들한테도 일단 본인이 제일 좋아하는 것, 가장 잘할 수 있는 것을 하라고 말해요. 물론 해외 시장에 진출하려면 일단 리듬이 좀 빠른 것이 좋다거나 또 서양 악기랑 협주할 때는 이러저러한 악기가 좋다는 등의 기술을 전수할 수는 있겠지요. 퓨전을 하려면 화음은 이런 걸 사람들이 좋아하고 저런 것은 어려워서 싫어한다는 등 기술적으로 얼마든지 통계를 내서 가르칠 수 있습니다. 그렇지만 그것이 정답이라는 보장도 없고 예술은 그런 게 아닌 것 같아요.

요새 방탄소년단(BTS)이 엄청 뜨는데 사실 처음 한국에서는 호평을 못 받았잖아요. 그 팀이 어떻게 그렇게 월드스타가 됐는지가 아직도 연구 대상이라고 해요. 제2의 비틀즈가 될 거라고들 하죠. 제가 이번에 런던과 파리를 갔다 왔는데 방탄소년단이 현지에서 공연한 뒤였거든요.세계적인 스타만 나오는 토크쇼에도 나오고, 확실히 급이 달라졌어요. 그처럼 음악은 어느 시대, 어떤 시점에 누구와 만나느냐에 따라 그 마음을 흔드느냐 마느냐가 달라지기 때문에 정답이 없는 것 같아요.

다만 제가 거문고를 한다는 것과, 거문고가 한국 악기라는 점만이 변하지 않는 사실이겠죠.

만일 누가 제 꿈의 무대가 무엇이냐고 물어보신다면 저는 세계적인 월드뮤직 페스티벌 〈워매드(WOMAD)〉에서 거문고산조전 바탕을 연주하는 것이라고 답하고 싶습니다. 〈워매드〉는 호주, 뉴질랜드, 영국, 칠레 네 곳에서 1년에 한 번씩 열리는 국제적인 무대예요. 뉴질랜드의 〈워매드〉 축제 장소는 어마어마하게 넓은 잔디가 펼쳐지고 앞쪽으로는 작은 호수가 있습니다.

그 호수 가운데 중심 무대가 있고 그 주위로 수만 명이 앉는 거예요. 지금까지 정말 내로라하는 월드뮤직 스타들이 이 무대에 섰어요. 월드뮤직을 하는 사람들에게는 그야말로 꿈의 무대이지요.

블랙스트링 활동 이전에 저희가 별로 유명하지 않을 때 그 중심 무대의 옆 무대에서 공연을 하면서, 저도 언젠가 그 중심 무대에 서면 좋겠다고 생각했습니다. 그때 중심 무대에서 인도 시타르 연주자인 라비 샹카르(Ravi Shankar)가 한 시간 동안 끊지 않고 인도의 전통음악을 연주했거든요. 사실 사람들은 라비 샹카르의 전통음악을 좋아해서 듣기도 하지만, 그 연주자를 보려고 오거나 또 인도 혹은 인도 문화를 즐기려고 온 것이기도 합니다. 한 시간 내내 그 음악을 다 이해하고 즐거워하며 들었다고는 생각하지 않아요. 정말 전문가가 아니고서는 그렇게 하기가 어렵습니다. 그런데도 그 연주에는 끝까지 듣게 하는 어떤 힘이 있는 거예요. 그리고 그 힘이 지금까지도 인도 음악의 힘이 되고 있습니다.

저도 그런 음악을 하고 싶습니다. 국악을 하는 친구들도 자기가 하는 음악과 다루는 악기가 무엇인지 알고 정체성을 찾는다면 그걸로 발현되는 다양한 창의성을 보여줄 수 있습니다. 저는 그런 음악을 하라고 말해주고 싶어요.

5

한국 음악의 박자, 음조, 음계열 등 음의 속성이 서양 음악과 너무 다르잖아요. 음악의 언어 또는 문법 자체가 너무 달라서, 그 차이를 어떻게 메울 수 있는지 궁금해요. 또 혹시 재즈와 국악, 혹은 지금 한창 젊은이들의 음악인 랩과 국악도 협업이 가능할까요? 만약 가능하다면 이런 시도가 서양 음악과 한국 음악의 차이를 메우는 작업에 해당하는 것인지요?

흔히 음악은 국경이 없다거나 보편적인 언어라고 말하지만 그렇지 않아요. 음악도 국경이 있어요. 언어랑 똑같이 학습이 필요한 거예요. 우리가 지금 다 안다고 생각하는 대중음악을, 그것을 전혀 모르는 아프리카 사람들에게 들려줬을 때 그들이 바로 즐거워할 수 있을까요? 아니거든요. 아주 생소하기 때문에 리듬도 전혀 못 타지요. 학습한 적이 없는 거예요. 익숙하고 어디선가 들어본 적이 있어야 그 언어를 이해할 수 있어요.

예를 들어서 내가 스페인어를 모르고 상대는 한국어를 모르는데 둘이서 대화해야 한다면 처음에 어떻게 할까요? 가장 쉬운 몸짓부터 하겠지요. 음악도 마찬가지예요. 서양 음악과 국악이 너무 다른데, 서로 다른 것들을 처음부터 끼워 맞추려고 하면 맞춰지지도 않고, 누군가를 따라하거나 유치한 음악이 나오게 되지요.

그러면 맞출 수 있는 가장 굵직한 것, 예를 들어 리듬부터 시작합니다. 4박자? 원, 투, 쓰리, 포 이건 맞출 수 있겠죠. 그다음에 복잡한 음정과 선율 같은 것이 있습니다. 한국 음악에서는 음정이라는 게 중요하지 않고, 음을 내가 어떻게 만드느냐가 중요합니다. 따-라-라-라- 하는 어떤 고정적인 음이 지속되는 것은 별로 중요하지가 않아요. 따아아아아아 하면서 음 하나를 가지고 내가 어떻게 흘리고 비틀고 때리느냐가 중요합니다. 그런데 한쪽에서 따-라-라-라- 하는데 우리는 따아아아아아 하면 그쪽도 당황하고 우리도 당황하는 거예요. 그러면 우리 음에서 따- 하는 부분이 있으면 그것부터 상대편의 따- 하는 음과 맞추고, 그다음에 우리가 막 흔들면 그쪽도 한 번 흔들어 보라고 합니다. 예를 들어 첼로나 바이올린 같은 현악기의 줄을 막 풀어요. 풀어서 농현으로 꾸밈음도 깊게 해보면서 서로 조금씩 흉내 내는 시도를 하는 거예요.

국악과 맞추기 제일 어려운 악기가 피아노나 하프처럼 음정이 고정된 악기예요. 피아노가 대중적이고 보편적인 악기니까 피아노랑 가야금이랑 해본다면 너무 단순한 생각이에요.

서로의 다른 언어를 배워야 한다는 점이 중요합니다. 내가 스페인어를 조금이라도 알고 상대가 한국어를 조금이라도 알면 소통이 더 되듯이, 나는 서양적인 것을 조금 더 대입하고 상대는 한국적인 것을 좀 더 대입하는 식으로 만나는 방법밖에는 없어요.

제가 재즈 연주자들과 협업을 많이 하는 이유는 재즈라는 형식 자체가 굉장히 열려 있기 때문입니다. 열려 있어서 그 안으로 들어갈 여지나 즉흥성이 많아요. 큰 구성만 잡아 대략 맞춘 상태에서 나머지는 서로 알아서 하는 거예요. 그리고 다시 만나서 그다음 행보를 정합니다. 재즈에서는 아직까지 이런 것이 가능하거든요.

미국만 해도 재즈가 자기네 음악이라서 스탠더드 재즈나 옛날 뉴올리언스 재즈라고 하면 그것만 해야 하는 줄 아는 경우가 가끔 있어요. 그런데 유럽은 안 그래요. 유럽에서는 재즈를 아주 다양하게 자기네 방식으로 변화시켜서, 북유럽에는 저게 재즈인가 싶을 정도로 아방가르드한 음악까지 그 폭이 매우 넓어요. 이렇게 유럽에는 함께할 수 있는 연주자들이 많아서 기술적인 부분들을 잘 맞추면 만날 사람들이 너무 많지요.

6

오늘 교수님 말씀을 들어보니 국악에 관심이 많이 가는데요. 그럼에도 국악이 다른 음악과는 달리 좀 멀리 있다는 느낌을 받게 되요. 아무래도 국악을 들을 수 있는 곳을 잘 몰라서 그런 것 같은데, 혹시 주변에서 국악을 듣고 알릴 수 있는 모임이 있을까요?

제가 서울대 국악동아리인 '여민락' 담당교수입니다. 여민락은 정말 훌륭한 동아리여서 제가 너무너무 사랑해요.

가까이 서울대학교 안에서부터 보자면 제가 학교 다닐 때부터 있었던 여민락 동아리도 있고, 풍물패도 있고요. 또 음대에서 여는 연주회도 많이 있어요. 멀리 밖에까지 안 나가도 학교 안에서 콘서트홀 같은 데 오시면 여러 가지 국악과 행사를 보실 수 있습니다.

서울대 국악학과가 국제 교류가 가장 빈번한 과들 중 하나예요. 태국부터 유럽 여러 나라까지 워크숍이나 강의를 하러 오거든요. 그런 분들과 협업하는 콘서트도 있고, 인터내셔널 페스티벌이 5월이나 9월에 열리는데 여기 오셔도 좋아요.

학교 밖에서 국악 공연을 보고 싶은데 뭘 봐야 할지 모르겠다는 분들도 있는데, 그럴 때는 일단 극장 위주로 보시면 돼요. 국립국악원 안에 공연장이 세 개인데, 거기 들어가 보시면 재미있는 공연이 많고, 창덕궁 앞 돈화문국악당에도 젊은 공연자들이 하는 흥미로운 공연들이 많아요. 거기에 더해 남산국악당, 국립극장, 이렇게 네 군데만 보셔도 손쉽게 국악을 접할 수 있습니다. 페이스북에서 허윤정을 치시면 제 공연을 보실 수도 있고요.

제가 국악과 친구들한테 했던 말이 있는데요. 저도 음악을 하는 사람이다 보니 약간 직업병처럼 웬만한 음악에는 감동이 안 와요. 너무 많이 들어서인지 사실 약간 무뎌지는 게 있거든요. 그런데 음악은 음정과 박자만이 아니라는 것을 늘 깨닫습니다. 젊은 친구들이 하는 음악을 보면 100퍼센트 감동합니다. 그런 감동을 같이 한번 느껴주시기 바랍니다. 감사합니다.

디어 걸즈
거인을 가슴에 품어라

김진애

김진애 | 국회의원, 도시건축가

강연자 김진애는 1975년 서울대학교 건축학과를 졸업하고 1987년 메사추세츠 공과대학 대학원에서 도시계획학 박사학위를 취득했다. 1994년 미국 『타임』지에 의해 '21세기 세계리더' 100인으로 선정됐으며, 1998년에는 국민훈장 동백장을 수훈받았다. 2005년부터 2008년까지 대통령자문 건설기술건축문화선진화위원회 위원장을 역임했다. 18대 국회의원으로 활발한 의정활동을 펼쳤고, 2020년 21대 국회의원으로 당선됐으며 열린민주당 원내대표로 활동하고 있다. 전문성과 풍부한 경험을 바탕으로 팟캐스트, 라디오, TV 방송 등을 진행했으며, 『왜 공부하는가』(2013), 『한 번은 독해져라』(2014), 『여자의 독서』(2017) 등의 저서를 집필, 출간하였다.

나의 뿌리, 건축과 여성

안녕하세요. 제가 1994년 『타임』지에서 뽑은 세계 100인 리더에 꼽히면서 어쩌다가 크게 유명해졌어요. 그 여파로 많은 사람이 건축과를 갔다고 들었습니다. 여기 혹시 건축과 전공하는 분 계세요? 그때 일로 제가 여러 사람 인생을 망가뜨렸다고 얘기하곤 합니다만.(웃음)

저를 구성하는 요소가 여럿 있을 텐데, 그중 하나가 건축을 공부한 것입니다. 저는 건축이 인간의 본성에 아주 잘 맞는 분야라고 생각해요. 기본적으로 자기가 살 공간에 대한 상상인 데다가, 인문적이고 예술적인 감각을 사용할뿐더러 그것을 현실에 만들어내기까지 기술적인 지식도 필요하지요. 사람이 지닌 여러 감성과 지능을 종합적으로 발휘할 수 있는 아주 근사한 일이라고 생각합니다.

근데 건축업은 완전히 난장판입니다. 업으로 가면, 이거는 뭐, 너무 힘든 일이라서, 후배들이 건축과에 오겠다고 하면 일단 저는 말리고 봅니다. 건축과에 간다고 텔레비전에 나오는 것처럼 돈 잘 버는 것도 아니고 시간이 여유롭지도 않다, 잘생긴 사람도 없고 연애하기도 쉽지 않다, 사실 아주 지질한 직업이고 배고픈 직업이다, 그러니까 알아서 해라, 그렇게 말해주는 겁니다. 왜냐하면 나는 그런 거 하나도 모르고 결정했으니까 너희는 제대로 알고 나서 마음 단단히 먹어라, 그런 취지랄까요.

그럼에도 불구하고 저는 건축 공부를 좋아합니다. 그 이유는 인간이 지닌 여러 본성을 자극해주기 때문이에요. 현실을 바꿔 보고 싶게 만들고 이상을 꿈꾸게도 하고, 역사에 대한 생각도 많아지죠. 나는 누구인가, 인간이란 무엇인가, 이런 고민도 깊어지도록 이끕니다. 건축이 아무것도 없는 데서 뭔가를 만들어내는 일이라는 점이 저는 가장 좋아요. 무에서 유를 창조하는 과정에서 상상력을 촉발하는 순간들이 참 매력적이죠. 그다음 좋은 점은 건축을 공부하는 과정이 사람을 구조적으로 사고하게 만든다는 거예요. 제가 쓴 글이나 제가 하는 말이 구축적이다 혹은 구조적이다, 그런 말을 많이 듣거든요. 아마 제가 건축을 공부하고 나중에 도시까지 연구한 영향이 크다고 봅니다. 건축이 제 존재의 뿌리인 셈이죠.

또 하나 저의 뿌리를 이루는 게, 아무도 안 믿으시겠지만, 제가 여자라는 사실입니다. 물론 그 밑바탕에는 제가 인간이라는 사실이 있겠죠. 인간으로서 이 시대를 살아온 삶이 무엇보다 기본이겠지만, 여자라는 정체성이 저의 정신과 인생에 미친 영향은 말할 수 없이 큽니다. 자라온 과정 내내 아주 큰 자극제 역할을 했으니까요. 제가 그런 이야기를 하면 사람들은 사실 잘 안 믿어요. 오늘은 일부러 꽃도 꽂았고 요새는 화장도 하고 다니지만, 평소에 남자보다 더 남자 같다는 말을 많이 듣거든요.

특히 건축 쪽에는 워낙 여성이 귀한 편이죠. 여학생 비율이 20~30퍼센트는 되는데, 실제로 실무 현장에 나가는 경우는 극히 드물어요. 제 세대에는 현장에서 살아남은 사람이 손에 꼽힐 정도니까요. 아주 거친 분야인 탓도 있겠죠. 그러다 보니 남자보다 더 남자 같은 여자라는 이야기를 많이 들었습니다. '여자'라는 말을 붙여주는 것만 해도 저는 감사할 따름입니다. 여러 편견에 치우친 말들을 수없이 들으며 살아온 덕분에, 제 생각을 어떻게 정리해야 할지 항상 고민할 수 있었죠.

1남 6녀 중 셋째 딸로 산다는 것

제가 오늘 말씀드릴 양성적 리더십은 최근에 많이 회자되는 주제입니다. 솔직히 평생 동안 저의 질문이기도 했어요. 제가 성 정체성에 대해서 의문을 가져본 적은 별로 없지만, '남성이 무엇이냐, 여성이 무엇이냐'에 대한 생각은 아주 어릴 때부터 했습니다. 그럴 수밖에 없었던 것이 제가 1남 6녀 중에 셋째 딸이에요. 그러니까 어릴 때부터 집에 있는 건 딸밖에 없다는 말을 항상 듣고 살았습니다. 게다가 제가 공부를 좀 잘한다는 이유로 "니가 아들로 태어났으면 어땠을까" 이런 말을 정말 징그럽게 들었는데, 그때마다 심한 모욕감을 느꼈어요.

지금 저를 아는 분들은 어릴 때 공부로 이름도 날리고 해서 상당히 거침없었을 거라고 생각하시던데, 전혀 그렇지 않았습니다. 어릴 때는 정말이지 부끄러워서 인사도 못 하는 아이, 말 없는 아이, 어디 도망가서 숨어 있는 아이, 어른 앞에는 절대 나서지 않는 아이였어요. 나중에 다 자라고 나서 우리 자매들하고도 많은 이야기를 나누었는데, 저한테는 자존감 문제가 큰 이슈였던 것 같아요. 다른 자매들은 그렇게까지 첨예하게 느끼지 않았던 것 같은데, 저는 하여튼 아주 '이상하다'고 생각을 했습니다. '왜 딸은 이런 대접을 받으며 살아야 되나, 왜 나를 이상하게 보나, 말은 안 하는 게 상책이다'라는 걸 제가 어릴 때 어느 순간 깨달아버린 거죠. 그리고 책에 빠져들었어요.

책을 읽으면 어른들이 저를 존중해주고 그러더라고요. 그걸 일찍부터 깨닫고 책으로 주변에 벽을 쌓은 편이에요. 신나게 제 세계를 구축해나갔죠. 중고등학교 시절 친구들도 요새 저를 보면 다들 "니가 그 김진애 맞느냐"고 그러거든요. 그 정도로 학교에서 제가 책상 앞에 앉아만 있었다고 기억하던데, 머릿속에서는 온갖 반란 짓을 막 했습니다. 책도 좋았지만 영화도 아주 큰 도움이 됐고요. 속으로 칼을 갈았다고 할까요. 혼자서 무한히도 질문을 던지고 답을 구하고, 아니다 싶으면 지우고 다시 질문했다가 또 지우고, 그 짓을 수없이 반복했습니다. 어릴 때부터의 그런 경험들이 저의 질문을 좀 더 예리하게 만들어주고 제 면역

력을 키우는 데 큰 도움이 된 것 같아요.

그러다가 제가 서울대를 갔잖아요? 서울대에 들어가고 나니 갑자기 제가, 주목받는 여자가 된 거예요. 참으로 신기한 체험이었어요. 갑자기 주목받는다는 게 얼마나 웃긴지, 여러분도 아마 다 체험해보셨을 겁니다. 저는 속으로 '되게 웃긴다' 이러면서 대학을 다녔죠. 제가 서울대를 안 좋아하는 이유 중 하나가, 여기 와서 사실 얻은 게 별로 없어서예요. 유일하게 건진 거라면 서울대라는 명성, 아니 서울대 나왔다는 어깨의 짐 때문에 스스로를 압박하면서 성장했다는 것 정도가 아닐까 싶어요.

요즘처럼 캠퍼스에 이렇게 근사한 건물이 있었던 것도 아니고, 저는 여자화장실도 없는 건물에서 공부를 했습니다. 800명 중 여학생이 3명이었는데, 2명이 잠깐 그만두는 바람에 저 혼자서 다녔어요. 다행히 저는 그 상황을 즐겼습니다. 당시 미니스커트가 막 나오던 시절이었는데, 짧은 미니스커트 입고 나가면 정말 분위기가 확 달라졌거든요. 그야말로 휘젓고 다닌다는 게 뭔지를 제가 일찍 깨달았죠. 사실 저한테는 대학 생활이 제 일생에 굉장히 우울한 시기 중 하나예요. 그때가 유신 시절이기도 했고 학교는 한 해의 거의 반을 문을 닫아서 정말 재미없고 그랬거든요.

그러고 나서 직장에 들어가 4~5년 동안 실무를 했는데, 점점 어둠에 파묻혀 들어가는 느낌이었어요. 제가 MIT(매사추세츠 공과대학교)에서 박사학위를 받았건 뭐를 얼마나 이루었건 간에, 여자는 전혀 주목해주지 않았습니다. 잠깐 이용할 때만 빼놓고는 주목하질 않아요. 방송국이나 신문사에서 와서 열심히 인터뷰하고 기사 쓰고 나서는 그걸로 끝이에요. 실물 세계에서는 저한테 딱히 성취감이 없는 거예요. 정말로 그랬습니다. 지금도 마찬가지고요.

그러다가 1994년에 『타임』지에서 전 세계 100인 리더를 뽑은 일이, 저는 이 일을 '사건'이라고 얘기하는데, 그야말로 저에겐 아주 큰 전환점이었죠. 당시 건축계에서는 제가 나름 프로로서 알려져 있긴 했지만, 그 사건이 있고 나서는 갑자기 온 세상이 저를 주목하는 거예요. 아침에 출근하니 사무실 앞에 기자들이 진을 치고 있더라고요. 그때가 딱 마흔이 된 해였는데, 여태까지 별 존재감 없던 사람이 갑자기 기대주가 되어버린 겁니다. 모든 사람이 저한테 "영향력을 발휘할 수 있는 뭔가를 해라" 그런 기대를 내보이더라고요. 가장 많이 들었던 말은 주로 "선거에 나가보지 않겠느냐"는 정치권의 제안이었죠. 2년마다 한 번꼴로 와서 "이거 해라, 저거 해라, 뭐 해주겠다" 징그럽게 괴롭혔습니다. 한 10년 동안 그걸 거절하는 데 에너지를 많이 써야 했습니다.

기대주가 되면 일단 여기저기로부터 예상치 못한 스트레스를 많이 받지만, 그 덕분에 성장하기도 합니다. 우선 많은 질문이 쏟아지는데 일단 대답을 해야 되잖아요. 그런데 그냥 머릿속에 떠오르는 대로 답할 수만은 없더라고요. 핵심을 짚어서 이야기하려다 보니 공부도 더 많이 하고, 말하는 훈련도 글 쓰는 훈련도 꾸준히 하고 그랬죠. 그러는 과정에서 어느새 점점 내공이 깊어진 자신을 발견하게 되는 겁니다.

제가 항상 40대를 사춘기라고 말하곤 하는데, 저 스스로 40대 이후에 더 많이 훌쩍 자랐다고 느꼈기 때문이에요. 여러 방면으로 사회 활동을 하고 정치 활동까지 하면서 '왜 세상은 이렇게 돌아가는가?'를 수없이 되물어야 했으니까요. 제가 특별히 페미니즘을 내세워 이야기하고 다니지는 않았지만, 남성과 여성에 관련된 질문을 하도 많이 받으니까 제 생각을 정리하고 다듬어서 말씀드릴 수밖에 없었던 일도 같은 맥락이라고 생각합니다.

양성성에 눈뜨다

제가 처음부터 건축과에 가겠다고 한 건 아닙니다. 그런데 건축과에 간다고 할 때 죽자고 반대하는 사람은 다 남자였어요. 그때 정말 속상했어요. 모든 남자들이 그렇게 반대를 하더라고요. '왜 이렇게 남자들이 반대를 하지? 뭔가가 있는 거 아니야?' 제가 그런 생각까지 했다니까요. 제가 어릴 적부터 목표 중 하나가 경제적 독립이었기 때문에 진로를 이과로 정했지만, 마음 한구석에는 항상 사회학 또는 심리학에 대한 미련이 있었어요. 그래서 비록 전공은 아니었지만 책으로 공부를 끊임없이 많이 했습니다. 제 관심 분야가 나중에 도시계획으로 또 정치로 점점 넓어진 것도 다분히 그런 영향일 겁니다.

어릴 때는 그렇게 수줍은 여자아이로 살다가 자라서는 남자보다 더 남자 같다는 말을 들으며 살고 있지만, 우리 사회에서 저는 '여자'라는 사실을 예민하게 느끼지 않고 살아본 적이 없어요. 유일하게 여자라고 의식하지 않고 지내본 적이 있는데, 바로 유학 시절입니다. MIT에서 공부할 때는 내가 여자라는 생각을 한 번도 안 했던 것 같아요. 물론 제가 외국인이라는 정체성이 더 컸던 이유도 있겠지만, 여자라서 못 한다거나 더 해야 한다는 생각 자체를 할 필요가 없었으니까요.

그러다가 우리나라에 와서 실무를 하면서 제 '여성성'을 어디까지 드러내야 하는지에 대한 고민이 다시 시작되었습니다. 그럴 때마다 저는 가면을 썼습니다. 여러분도 아시다시피 매우 '남성적인 여자'라는 가면을 쓴 거예요. 물론 제 선택이기도 했지만, 지금 생각하면 왜 그런 가면을 쓰고 살아야 했나 너무 억울하기도 합니다. 절대 결혼 안 했을 또는 못 했을 것 같은 여자, 결혼했어도 이혼했을 것 같은 여자, 결혼했어도 아이는 절대 없을 것 같은 여자, 이런 말들을 수없이 들어왔으니까요. 그런 편견에 일일이 대응하기도 귀찮고 해서 가만히 입 닫고 살아왔지만, 솔직히 정말 피곤한 일입니다.

제가 '양성성'이라는 말을 언제 발견했는지는 모르겠어요. 분명한 건 최근에 양성적 리더십에 대해 관심이 많고, "나는 누구인가" "나의 양성성 지수는 어떻게 되나" "나의 양성성 지능이나 감성은 어느 정도인가"와 같은 질문들을 스스로에게 던지며 많은 사람들과 이야기를 나누고 있습니다.

착하고 유능하게, 세심하고 대범하게

제가 저술 활동을 나름 꾸준히 해왔는데, 그중에 세 권을 여러분한테 소개하고 싶어요. 『왜 공부하는가』, 『한 번은 독해져라』, 『여자의 독서』입니다. 『왜 공부하는가』를 읽으면, 아마 막 공부하고 싶어서 안달 날 겁니다. 『한 번은 독해져라』, 이거 읽으면 "아, 세상은 역시 살 만해"라고 느끼게 될 거예요. 『여자의 독서』는 읽고 나면 독서를 하고 싶은 마음뿐만 아니라 내가 여자라는 게 너무 근사하다는 마음을 갖게 될 거라고 믿어요.

제가 책을 팔아보겠다는 것이 아니고요, 각각의 책을 관통하는 저의 슬로건을 말씀드리고 싶어서예요. 『왜 공부하는가』

에서는 '공부는 남을 위해 하는 일이다'라는 이야기를 드렸습니다. 그러기 위해 '착하고 유능해야 한다'고 주장했고요. 그다음에 『한 번은 독해져라』에서는 '세심하고 대범하게'라는 슬로건을 내세웠습니다. 『여자의 독서』에서는 '여성성과 남성성을 넘나드는 게 최고의 인간성이다' 이런 얘기를 했고요.

그런데 제가 '착하고 유능하게'라는 주제로 강연을 하면 사람들이 킥킥대면서 막 웃는 거예요. "어떻게 착하면서 유능할 수가 있어" "유능한 사람이 어떻게 착할 수가 있어" 이런 편견이나 고정관념 같은 게 있더라고요. 하지만 저는 엄청나게 유능해져야 착할 수 있다고 생각합니다. 물론 이루기 아주 힘든 과제일 수도 있지요. 환경이든 경제든, 이런 걸 착하게 만들고자 한다면 유능하지 않고는 도저히 불가능하다고 생각하기 때문에 아이러니에 가까운 말씀을 드렸던 겁니다.

『한 번은 독해져라』는 요약하면 '우리 인간은 모두 괴로움을 갖고 살며, 그 괴로움은 절대로 없앨 수 없다. 다만 괴로움을 다스리는 우리 지혜는 커질 수 있다'는 내용입니다. 따라서 '지혜를 키우려면 자기를 관찰하는 게 제일 중요하다. 본인의 괴로움과 타인의 괴로움을 관찰할 때는 세심해야 하며, 그것을 정리하고 앞으로 나아갈 때는 대범해야 한다'는 이야기를 했지요. 이때 세심한 건 여성적이고, 대범한 건 남성적인 걸까요? 우리가 보통 '여성성' 하면 섬세함, 정교함, 관찰하는 능력, 관계하는 능력을 떠올리고, '남성성' 하면 추진력, 결단력, 통솔력, 통제력 같은 걸 이야기하잖아요. 그런데 저 권력의지, 추진력, 결단력, 이런 거 무지 강합니다. 그렇다고 저에게 세심함, 정교함, 감성적인 면이 전혀 없을까요? 그렇지 않거든요.

그렇게 많은 고민을 거쳐 '여성성과 남성성을 넘나드는 게 최고의 인간성이다'라는 이야기를 한 겁니다. 어쩌면 두 성향을 아울러 이루기 힘든 조화를 추구하는 것 자체가 여성적인 특질일지도 모르겠습니다. 아무튼 요새 4차혁명이다 스마트혁명이다 새로운 패러다임에 대해 많은 이야기가 오가면서 '인공지능'이 주요한 화두로 떠올랐잖아요. 인공지능은 과연 성이 있을까 정말 궁금하지 않아요? 제가 어려서부터 과학소설(SF)의 광팬이었는데, 『메트로폴리스』에서는 인공지능이 여자로 나옵니다. 이름이 마리아였던 걸로 기억해요. 『엑스 마키나』에서도 여성이죠. 왜 인공지능을 여성으로 설정했을까, 저는 참 궁금합니다.

특히 바이오혁명, 즉 생명공학이 발달하면서 우리는 생명의 근본적인 본질 그리고 여성과 남성에 대해 많은 질문을 하지 않을 수 없게 되었습니다. 미래가 완전히 달라질 거라는 사람도 있고 크게 달라질 건 없다는 사람도 있지요. 여러분은 어떻게 생각하세요? 저는 솔직히 달라질 건 별로 없다는 의견에 속하는 편입니다. 기술 발달이 아무리 빨라도 우리 인간은 50만 년 전에 만들어진 DNA로 여전히 살아가야 할 테니까요. 다만 멸종할 가능성은 크다고 생각합니다. 〈칠드런 오브 맨(Children of man)〉이라는 영화를 보면, 아이가 없어진 세상이 배경이에요. 세상에서 단 하나 남은 임산부를 지키기 위해 수많은 사람이 목숨을 거는 이야기가 펼쳐지는데, 먼일 같지 않아서 인류의 미래에 대해 심각하게 고민했던 기억이 있습니다.

『여자의 독서』를 쓰고 나서는 온 세상이 저를 여자로 봐주는 게 참 좋았어요. 여태까지 건축가, 도시계획가, 정치인으로 알려진 저를 멀게만 느끼던 사람들이 갑자기 '언니'라고 부르는 분위기로 바뀌어버렸거든요. 여성 작가의 책을 읽으며 여자로서 제가 어떻게 자라왔는지를 써보고 싶었는데, 독자들이 신선하게 봐주신 것 같습니다. 책에도 썼지만 역사 인물 황진이를 제가 그렇게 좋아했어요. 황진이가 없었으면 저는 아마 버티질 못했을 텐데, 그 양성적인 매력에 매우 끌렸습니다. 버지니아 울프가 만들어낸 양성적 인물 올랜도, 그러니까 400년 동안 남자 여자를 오가면서 사는 그런 얘기들에 자극을 많이 받았습니다. 우리 모든 인간 속에는 남성성과 여성성이 다 있다는 거죠.

남자 안에 숨어 있는 여성성을 아니마라고 하고, 여자 안에 숨어 있는 남성성을 아니무스라고 하지요. 저는 여성성도 물론 많지만 아니무스가 무지무지 강한 사람입니다. 여러분도 아시다시피 남자들이 40~50대 나이가 되면 남성호르몬이 줄면서 여성성이 훨씬 강화된다고 하잖아요. 반면 여성들은 여성호르몬이 줄면서 남성적 성격이 더 많이 드러난다고 하고요. 단순히 그런 사실적인 이야기가 아니라, 제가 세상을 살다 보니 남성성을 앞세워야 할 때가 있고 또 여성성을 발휘해야 할 때가 있더라고요. 두 성향을 얼마나 복합적으로 유연하게 넘나들 수 있느냐에 따라서 인생이 달라진다고 해도 과언이 아닙니다.

디어걸즈를 찾아라

저는 단언합니다. 여성은 사회에서 후발 주자다. 남성은 오랫동안 자신들 세계를 구축해왔는데 여성은 기껏해야 100년? 우리가 투표권을 가진 게 100년도 안 됐으니까요. 여성이 대학 교육을 받은 지도, 재산권을 가진 것도 얼마 되지 않았습니다. 이렇게 우리가 후발 주자라서 단점인 면이 많지만, 장점인 면도 있습니다. '이상하다고 생각할 수 있는 능력'이 그렇다고 저는 생각합니다. 우리 어릴 때 이런 생각 많이 했잖아요. "왜 이렇게 세상이 이상하지?" 저는 정말 의문이 많았거든요. 그런 질문을 더는 안 하는 사람, 그런 능력을 잃어버린 사람은 여성으로서의 자의식이 없는 사람이라고 저는 생각해요.

여성은 이 질문 다음으로 "혹시 내가 여자라서 이상한 건가?"

되묻는 단계를 꼭 겪습니다. 물론 남성도 본인의 남성성을 확인하는 과정을 겪습니다. 하지만 "내가 남자라서 이렇게 생각하는 건가?" 하고 자신의 문제로 돌려 생각해보는 일은 없습니다. 여성은 이 질문을 곱씹으면서, 눈 감고 입 다무는 단계에 부딪치고 말지요. 사실 의문의 단계 다음으로는 "이런 세상에서 나는 무엇을 할 수 있을까?"라는 실천의 단계로 나아갈 수 있어야 되는데, 의문을 발전시키며 실존을 찾아가는 과정에서 많은 여성이 험난한 어려움을 겪기 때문입니다.

여러분, 거인을 가슴에 품기 바랍니다. 남성 거인을 품어도 좋습니다. 그런데 여성 거인을 품으면 훨씬 더 큰 날개를 얻을 수 있을 거예요. 저한테는 그런 분이 몇 사람 있습니다. 저는 처음에 박경리 선생이 남자인 줄 알았어요. 본명이 아니고 필명인데, 활동하기 시작하던 1950년대에 '여자 같은' 이름으로는 살아남기 어려웠기 때문이라고 하더라고요. 꽤 오랫동안 남자인 줄만 알았던 박경리 선생이 여자라는 사실을 제가 처음 알았을 때 어땠는 줄 아세요? 하늘에 먹구름이 싹악 걷히면서 햇볕이 쨍하니 쏟아지는 것 같았어요. '드디어 내가 바라볼 만한 여자가 생겼구나!' 그런 기쁨 있잖아요.

그다음으로 유학 시절에 한나 아렌트를 만났습니다. 여러분이 꼭 읽어보셨으면 하는 철학자인데, 표현이 좀 그렇지만 많은 남성 철학자가 유일하게 흔쾌히 인정하는 여성 철학자라고 할 수 있습니다. 그다음에 버지니아 울프라는 작가 그리고 제인 제이콥스라고 하는 도시사회학자, 이렇게 네 사람이 제가 20대부터 가슴에 품고 살아온 여성 거인들입니다.

무엇보다 여러분이 함께 놀 수 있는 '디어걸즈(dear girls)'를 찾아야 합니다. 제가 남자들하고 하도 잘 어울리니까 여자들하고는 안 놀 거라고 보던데 일단 저는 1남 6녀라서 자매가 엄청 많았고요, 심지어 사촌들까지 딸이 많아 집안이 여자들로 우글우글합니다. 그래서 어려서부터 여자들하고 잘 놀았을 뿐만 아니라, 지금도 여자들하고 노는 걸 좋아합니다. 연배가 꼭 같을 필요도 없어요. 20~30년 차이가 나도 친구처럼 느낄 수 있는 사람이면 충분합니다. 박완서 선생은 박경리 선생하고 동년배임에도 불구하고, 저한테는 항상 친구 같거든요. 언제나 "똑똑, 너 괜찮아?" 하고 물어봐주는 느낌이 드는 사람입니다.

그렇게 자기만의 디어걸즈를 찾고 같이 놀아야 합니다. 놀면서 성장하고 연대의식이 생기거든요. 세상에 혼자서 할 수 있는 건 단 하나도 없습니다. 연대하면서 힘이 자랍니다. 끌어주고 밀어주는 남자들의 그런 거 말고요, 나란히 옆에 서 있어주는 연대를 통해 생겨나는 용기는 말할 수 없이 큽니다. 여러분이 그걸 꼭 느껴보면 좋겠습니다.

저는 나름대로 꽤 근사하게 실수를 해왔다, 멋진 시행착오를 거쳐 왔다고 생각을 합니다. 그게 지금의 저를 키웠다고 믿고요. 잘나가는 사람이니 성공만 거듭했을 거라고 볼지 모르지만, 절대 그렇지 않거든요. 실수도 하고 후회도 하면서 멘탈이 강해질 수 있었던 겁니다. 뭐든 저질러야 합니다. 저지르고 나서 수습하는 일은 얼마든지 할 수 있어요. 하지만 저지르지 않은 인생은 잘못 사는 겁니다.

양성적 리더십은 손목 리더십

제가 요즘에 양성적 리더십에 관련된 얘기를 하면서, 정체성을 마구 드러내고 있습니다. 심지어 무슨 얘기 듣는 줄 아세요? 귀엽다는 소리도 들어요. 제 본성, 그동안 억압했던 여성성을 편안하게 드러낼 수 있는 게 나이 덕분일 수도 있겠지만, 우리 사회가 그만큼 더 포용력이 커진 부분도 있다고 생각합니다. 한편으로 저의 남성성, 즉 권력의지나 추진력도 더 많이 드러낼 수 있으니까요.

제가 정치권에 출마하면서 가장 힘들었던 부분이 여성성을 과장해서 보여주어야 한다는 점이었습니다. 치마도 자주 입어야 하고 머리도 컬을 풍성하게 가꾸고 화장도 더 예쁘게 꾸며야 하고 말이죠. 강하고 터프한 면을 원하면서도 여성적인 모습을 요구하는 게, 견딜 수 없는 딜레마였어요. 여성 정치인 하기가 정말 쉬운 일이 아니더라고요.

제가 나름의 고민과 경험을 거치면서 저의 양성성에 대해 거침없이 그리고 편안하게 이야기할 수 있게 되었듯이, 여러분은 자신의 양성성에 대해 저보다 훨씬 더 즐겁게 그리고 떳떳하게 이야기할 수 있기를 바랍니다. 저는 이런 이야기를 남자들이 모인 자리에 가서 많이 하는 편입니다. 우리가 함께 만들어나가야 할 문화라고 생각하기 때문입니다. 여성도 마찬가지로 "남성이란 이래야 해, 남성성이란 이런 거야" 하는 틀을 깨뜨려야 합니다. 남성도 본인의 여성성을 자연스럽게 드러낼 수 있을 때, 아주 매력적이고 창조적인 인간이 될 수 있거든요.

두 세계가 연결될 때 인간은 무한한 상상력과 창의력을 발휘할 수 있다고 저는 믿습니다. 가령 스티브 잡스 같은 사람이 대표적인 양성적 인간이라고 생각해요. 요새 제가 양성적 남성으로 주목하는 사람은 문재인 대통령이에요. 모든 관계에서 자신이 어떤 역할을 할 수 있을지 끊임없이 고민하는, 남성으로서는 드문 자질을 갖춘 분이거든요. 반면 김정숙 여사도 아주 양성적 여성이죠. 우리가 볼 수 있는 기회가 별로 없어서 그렇지, 강단있게 추진하는 통솔력이 강점인 분입니다. 이렇듯 양성성을 지니고 스스럼없이 드러내는 지도자를 많이 두는 일이 우리에게 좋은 기회가 될 거라고 믿습니다.

마지막으로 어떤 리더십이 좋은가, 하고 누가 물어보면 저는 항상 '손목 리더십'을 이야기합니다. 손목은 손가락들이 마음대로 움직일 수 있도록 도와주는 역할을 하잖아요. 신경을 연결해주고 지탱하면서 머리까지 전달해주는, 그런 손목 리더십. 끌어가는 게 아니라 받쳐주는 것, 노는 사람이 잘 놀 수 있도록 해주는 것이 가장 좋은 리더십이라고 생각합니다. 40대 초반부터 제가 이런 신념을 가질 수 있었던 것도, 아마 양성적 리더십에 항상 관심을 기울인 덕분이고요. 여러분 각자의 인생에서 리더십을 발휘할 수 있는 수많은 기회와 실패가 있기를 바라며, 제 이야기는 여기에서 끝내겠습니다. 감사합니다.

Q & A

1

일상에서 여성에 대한 편견이나 차별 등 불합리한 경험을 할 때 감정 소모가 너무 많아 힘이 듭니다. 어떻게 이겨나갈 수 있을까요?

힘들죠. 그런 어려움을 겪지 않는 사람이 있을지 모르겠어요. 인간은 둘 이상만 모여도 권력관계가 생겨나요. 남편과 아내 사이, 부모와 자녀 사이, 선생과 제자 사이 등 상하좌우를 막론하고 어디서나 묘한 지배와 복종 관계가 형성됩니다. 더구나 남성과 여성 사이의 권력관계는 그 뿌리가 아주 깊죠.

저는 일단 그렇게 느끼는 자신을 탓하지 말라고 말씀드리고 싶습니다. 불편함과 이상함을 감지하는 감수성을 지녔다는 건 오히려 자랑할 만한 일이에요. 다음으로 그에 대처하는 방법에 대해 이야기하자면, 저는 뭔가를 바꿀 수 있을 때만 대응을 하자는 주의입니다. 얘기해봤자 개인적인 감정싸움만 될 뿐 개선의 여지가 없어 보이면, 그냥 신경을 끕니다. 공식적으로 제기할 수 있을 때, 고칠 수 있는 가능성이 보일 때면 과감하게 말을 해보고요.

어떻게 버티느냐, 그런 질문도 많이 받았는데요. 제가 멘탈이 강해 보이고 포용력이 있어 보이는 모양입니다. 저는 그 비결이 역사를 크게 바라보는 제 시선에 있다고 생각합니다. 역사를 공부하면서 세상이 그렇게 금방 바뀌지 않는다는 걸 배웠거든요. 남성과 여성의 문제는 그 역사가 정말 길고도 긴데, 하루아침에 절대 안 바뀝니다. 아주 뛰어난 개인이 돌파하는 경우도 있긴 하지만, 사회 전체가 바뀌는 데는 시간이 많이 걸립니다. 그래서 사춘기 시절부터 온갖 의문을 품고 살아오면서 제가 내린 결론은, 사소한 일에 힘 빼지 말고 현실을 구조적으로 바꾸는 데 에너지를 집중하자는 겁니다. 예민한 감수성을 오히려 장점으로 여기면서, 개선 가능한 우선순위에 따라 대응 전략을 마련하면 스트레스가 덜할 것 같습니다.

저는 유쾌하게 공격을 잘하는 편입니다. 웃는 분위기를 만들어 상대방이 잘 알아차리지 못하도록 공격하는 게 제 나름의 생존 전략이자 기술입니다. 그걸 처음부터 잘했던 건 아닙니다. 제가 대학 입시를 볼 때 고사장에서 저랑 친구 사이에 남자애 하나가 앉았는데, 그 아이가 들어오자마자 양쪽을 둘러보더니 "어유, 재수 없어" 그러더라고요. 그땐 어리기도 했고 시험장이기도 해서 말은 못하고, 그 분노의 에너지를 어떻게 풀었게요? 속으로 '내가 꼭 붙고 말리라' 생각했지요. 결국 그 애는 떨어지고 저는 붙었습니다. 그 남자는 재수 없이 여자들 사이에 껴서 떨어졌다고 일생을 투덜댔을지도 모르겠네요. 아무튼 그러니까, 이깁시다.(웃음)

2

요새 서지현 검사로부터 시작된 미투 운동에 대해서 어떻게 생각하시나요?

올해 초에 어떤 여성지에서 미투에 대해 써달라는 요청을 받고 칼럼을 썼어요. 그때 "우리나라에서 미투 운동이 과연 가능할까?" 물음표를 던졌었습니다. 물론 독려하는 편에서 썼지만, 저 스스로에게 던지는 질문이기도 했어요. 지금은 불이 붙어 아주 큰 불길이 되었죠.

미투 이전과 이후는 아주 많이 다를 겁니다. 일단 남성들이 엄청나게 조심하겠죠. '펜스 룰(pence rule)' 이야기도 나오고, 주요 자리에 애초부터 여성을 뽑지 말아야 한다는 주장까지도 나오더군요. 그런 이야기는 어차피 스스로 도태될 사람들 말이니까 귀담아 들을 필요도 없다고 생각해요. 지금 현실을 보세요. 여성이 없는 기업이나 조직은 다 망할 거라고 확신합니다. 오히려 외국에 나가서 보면 여성들끼리 모여서 하는 일이 꽤 많아요. 건축 같은 분야에도 여성이 많이 진출하고 있는데, 여성 고객도 그만큼 많이 늘었거든요. 하루아침에 바뀌지는 않겠죠. 부작용도 있을 테고요. 하지만 우리 사회에 꼭 필요한 변화의 조짐이자 앞으로 나아갈 수 있는 중요한 계기라고 저는 생각합니다.

3

여자들끼리 싸우는 데 에너지를 소진하는 느낌을 받을 때가 많아요. 이런 상황에서 어떻게 행동을 해야 할까요?

여성에게만 있는 특별한 문제가 아닙니다. 조직의 정치가 어딜 가나 그렇습니다. 어쩌면 여성의 정치가 익숙하지 않아서 낯설어 보이는 걸지도 모릅니다. 한번 자문해보세요. '내가 혹시 여성의 정치를 너무 시시하다고 느꼈던 건 아닌가? 여자들이라 이러고 있다고 생각하지는 않았나?' 제가 남성이 주를 이루는 조직을 많이 갔잖아요? 남자들 정치를 보면서 '아니, 도대체 왜 쓸데없는 걸로 저렇게 싸우는 거지?' 하는 생각을 엄청 많이 했습니다. 자존심 싸움, 자리다툼, 줄 세우기, 이런 게 너무너무 많아서 몹시 이상했거든요.

물론 조직 분위기 자체가 개인을 옴짝달싹 못하게 만드는 경우도 있는데, 그럴 때는 과감하게 조직을 떠나야 해요. 일단은 편견이나 선입견 없이 본인이 속한 조직의 분위기를 찬찬히 살펴보고, 무엇보다도 본인과 맞는지 안 맞는지 그리고 내가 이 조직에서 무엇을 하기 원하는지를 알아야 합니다. 저는 MIT에 있을 때 여학생도 여교수도 꽤 많았는데, 여자라는 걸 특별히 의식할 필요가 없는 그런 환경이 오히려 저한테는 잘 맞더라고요. 일 중심적이고 성과 중심적인 서양 문화 영향도 있었겠지만, 여성이 많은 조직 특유의 문제는 없었습니다.

4

왜 정치인의 길을 택하셨는지요? 정치란 무엇이라고 생각하는지, 정치를 하면서 어떤 점이 어려웠는지 궁금합니다.

전문 분야에서 일을 하면 대개 첫 번째 목표는 어떻게 내 실력을 키울 것인가에 집중됩니다. 그러다가 여러 실무 현장에 투입되어 경험을 쌓다 보면, 단지 내 실력만의 문제가 아니라는 걸 실감합니다. 개인의 문제를 넘어서는 조직의 문제가 있다는 현실에 부딪치게 되지요. 거기서 좀 더 나아가잖아요? 그러면 이게 정책의 문제라는 걸 깨닫게 됩니다. 그래서 전문가들이 열심히 더 나은 제도를 연구하고 개선책을 내놓는데, 국회의원들은 하나같이 듣지도 않고 책상 밑에 깔고 앉아버리는 겁니다. 그때 절실한 게 정치입니다.

내 생각을 현실에서 실현해줄 만한 사람을 국회로 보내야겠다, 그런 마음으로 후원금도 내고 지지 운동도 하고 투표를 하는 게 정치 행위죠. 그러다가 '차라리 내가 해볼까?' 하는 생각이 드는 순간이 옵니다. 우리 사회에서는 여자가 조금만 유명해지면 정치권에서 가만히 두지를 않습니다. 저에게도 그 기회가 왔고, 도전을 했을 뿐입니다.

저는 현실 정치에 대한 거부감을 가져본 적이 한 번도 없어요. 정치란 정치권에만 있는 게 아니거든요. 학교에도 사무실에도 가족 사이에도, 사회 어디서나 권력관계가 생기고 정치가 있습니다. 다만 본인의 이익만 꾀하고 자리만 탐하는 정치꾼이 될 것이냐, 보다 대승적인 목적으로 많은 사람을 위한 무언가를 만들어낼 것이냐, 그 차이가 있다고 봅니다. 그러니까 여러분에게도 현실 정치의 기회가 온다면 굳이 마다하지 않기를 바랍니다. 물론 어렵고 힘든 길입니다. 이기적인 개인들이 모여서 같은 목적을 공유한다는 게 쉬운 일이 아니니까요. 그저 계속 고민할 수밖에 없는 것 같아요.

5

여성 친화적 도시 그리고 건축이란 무엇일까요? 여성으로서 건축계를 겪으면서 특히 어떤 부분이 바뀌면 좋겠다고 생각하셨는지요?

저는 우리 도시가 서양 도시보다는 여성 친화적이라고 생각합니다. 일단은 많이 모여 산다는 게 참 좋아요. 밤길 다닐 때나 화장실 갈 때 불안을 느끼는 일상을 살고 있긴 하지만, 그래도 상대적으로 우리 도시가 안전한 편이거든요. 미국에서 살 때는 짜증나는 일이 많았어요. 가족을 이루지 않으면 거동 자체가 불편하더라고요.

그런 면에서는 우리 도시가 살기 괜찮긴 한데, 아파트 중심적인 주택 문화는 문제라고 생각합니다. 아파트는 이웃과의 관계를 불가능하게 만들고 여성이 육아로 인해 고립되도록 만듭니다. 사실 아파트는 허영의 상징입니다. 우리 사회가 지나치게 체면 사회, 비교 사회 아닙니까? 그런데 아파트는 끊임없이 사람을 비교하게 만들고 경쟁을 부추기는 면이 있어요. 남녀를 불문하고 이런 폐해는 쉽게 치유하기가 어렵습니다.

제가 생각하는 좋은 도시는 걷고 싶은 도시입니다. 크게도 바라지 않아요. 점심 먹고 10분 정도 걸을 수 있는 공원만 있어도 좋겠다고 생각하는데, 우리 도시가 대부분 안 그렇거든요. 그것만 이루어져도 괜찮은 도시가 될 거예요. 나무도 많고 가게도 많고, 그렇게 활력이 넘치는 거리라면 여성에게도 남성에게도 다 좋겠죠?

제가 여성으로서 건축계나 도시계획계에 특별한 영향을 끼쳤는지는 잘 모르겠어요. 다만 예전부터 걷고 싶은 도시가 제일 좋은 도시라고 계속 이야기하고 다녔는데, 『타임』지 사건 이후로는 그걸 온 세상이 다 알게 되었어요. 서울시 차원에서도 걷고 싶은 길을 만드는 게 유행이 되고, 덕분에 좋은 아이디어가 퍼져 나가는 데 공헌했다는 보람을 느꼈죠. 유명해진다는 게 사회적 영향력이 높아지는 건데, 그 사회적인 영향력으로 무엇을 할 수 있을까에 대해 고민을 많이 하게 되더라고요.

참여정부 때 제가 대통령자문위원회 위원장을 한 번 맡은 적이 있습니다. '건설기술건축문화선진화위원회'라는 아주 긴 이름의 조직인데, 건축계에서 절대 안 될 거라던 두 가지를 그때 만들었지요. 하나가 '건축도시공간연구소'라는 국책연구기관이고요, 다른 하나가 '건축기본법'입니다. 정치권으로부터 협조를 얻어내는 데 저의 사회적인 영향력이 큰 힘이 된 게 사실입니다. 여성이라는 점이 강점으로 작용하기도 했고요. 제가 가면 남성들이 훨씬 덜 위협적으로 받아들이거든요.(웃음) 남성들 사이의 긴장을 활용해 틈을 만들어내고 그 사이를 파고들어 여성만의 힘을 발휘하면서 일을 하나 만들어내는 겁니다. 저는 그렇게 협조를 이끌어내는 과정이 참 재미있어요. 그런 리더십을 여러분도 경험해보시면 좋겠습니다.

에필로그

그럼에도 불구하고 희망을 이야기한다

양현아

최일숙 | 전 법무법인 한결 대표 변호사

고 최일숙 변호사는 법무법인 한결의 대표 변호사로 일했다. 1987년 서울대학교 법과대학 법학과를 졸업했고, 1991년 사법연수원 수료 후 변호사로 일했다. 서울대 화학과 신교수 성희롱 사건, 김진관, 김보은 사건 등 1990년대 초부터 한국의 여성인권 증진을 위한 소송에 변호사로서 적극적으로 참여해 왔으며 '민주사회를 위한 변호사 모임,' 2000년대 호주제 폐지, '젠더법학연구회' 창립 등에서 주요 멤버였다. 2018년 1월에 타계하기까지 여성인권, 민주화, 공익을 위해 매진했다.

최일숙을 기억하고 그리워하며

최일숙 변호사가 가셨다는 갑작스런 비보를 접하고 황망한 마음 금할 길 없었어요. 가시는 길도 지켜보지 못했고, 지난 2년간 한 번도 만나지 못했다는 사실이 가슴을 저며 왔어요. 너무나 미안하고 그리운 마음에 오늘은 조그만 추모의 시간을 마련하여 당신을 다시 만나고 기억하고 보내드리려 합니다.

언제 처음 최 변호사님을 만났는지 정확하게 기억나지도 않지만, 우리는 2005년 '한국젠더법학연구회'를 함께 만들면서 자주 만나게 되었습니다. 어느 출근하는 아침, 당시 조교수였던 나는 최 변호사님을 만나 '젠더법학회'라는 새로운 공론의 장을 만들어야 하지 않겠냐고 제안하자 최 변호사는 첫 말에 "언니가 하자는 것은 다 할 거예요"라고 했지요. 선배로서도 잘 알지 못하는 나를 '언니'라 불러준 최 변호사님이 참 신기하고 신통했어요. 나를 언제부터 알았다고, '법대의 선후배'도 아니면서 신뢰해준다는 것이 참 고마웠습니다. 이제껏 살면서 서로를 '볼 수 있는 눈'을 가진 사람을 만난다는 것이 그리 흔하지 않는데, 어리석은 나는 그 소중한 한 사람을 잃게 되었습니다.

최 변호사님은 참으로 어려운 여러 여성인권 사건들을 대리했더군요. 1990년대 초 의붓아버지에 의한 지속적 성폭력과 살인 사건으로 한국 사회를 충격에 빠뜨렸던 김진관·김보은 사건에서 피고인들을 대리했고, 한국의 최초 성희롱 사건이었던 서울대 화학과 교수 사건에서 원고의 변호인으로 활동했으며, 그 유명한 가정폭력 피해자가 가해자를 사망에 이르게 한 이른바 '가위사건'에서 피고인을 대리했지요.

당신은 또 다른 가정폭력 피해자에 의한 남편 살인 사건인 '마장동 우시장'에서의 살인 사건에서도 피해자이자 가해자인 여성 피고인을 대리했지요. 그 사건은 우리나라 최초로 가정폭력 피해자의 '외상후 스트레스 장애(PTSD)'를 재판부가 인정하게 만든 사건이지요. 이 사건 1심에서 피고인이 '심신미약' 상태라는 것을 인정받지 못하자 최 변호사는 가정폭력을 전문적으로 연구한 정신과 의사에게 다시 감정해야 한다고 주장해서 이것이 고등법원에서 받아들여졌고, 결국 외상후 스트레스 장애라는 판단을 받았던 것입니다.

최 변호사님은 〈변호사로, 여성으로 산다는 것〉이라는 2006년의 글에서 다음과 같이 쓰고 있지요.

"이 사건[가위사건]을 하면서 나는 인접학문과의 학제간 연구의 필요성을 뼈저리게 절감하였다. 만약 가정폭력의 실태, 그것이 세상에 알려지는 경로, 가정폭력을 당하는 보통 또는 내 의뢰인과 같은 착한 엄마들의 대응 태도 등에 대해서 심리학과 사회학 연구자들이 깊이 있게 연구하고 그 결과가 재판부에 제출되었더라도 같은 결과가 나왔을까 하는 생각을 했다."

그렇습니다. 저는 지금도 가정폭력 피해자의 가해자 살인 사건에 대해 다룰 때마다, 여성 피해자를 공감하게 만드는 변호사의 참모습에 대해 강의할 때마다, 당신이 이 사건에서 한 역할을 알리는 것을 빼놓을 수가 없습니다.

당신은 변호사로서 돈과 명예를 좇기보다는 참으로 힘겨운 사건들을 많이 맡았더군요. 비싼 옷값을 갚지 못해 사기혐의로 고소당한 성판매 여성을 대리했고, 파업으로 구속되어 형사재판을 받던 노동조합원들을 대리했지요. 서울대 인권센터의 성희롱 사건에서도 여러 차례 조사위원으로 오셔서 30분이 아까울 변호사에게 수 시간 동안 조사에 임하게 했습니다.

어느 맑은 가을날 아침, 당시 상담소가 있었던 문화관 앞 벤치에 먼저 와 있다가 지나가던 나를 부르던 당신의 목소리가 아직도 귀에 선연합니다. 또 지난 몇 년간은 '세월호 참사 특별조사위원회'에서 활동하면서 참으로 많은 고민의 시간을 보냈으리라 짐작합니다. 당신이 맡아왔던 사건들을 보니, 그것을 대리하는 변호사에게도 그 고통이 전이될 정도로 참 고통스러운 사건들이었네요. 당신처럼 여리여리하고 순수했던 인간에게 이런 버거운 사건들을 떠안게 만든 우리 사회가 원망스럽고, 저와 같이 곁에 있어야 할 사람조차 당신을 충분히 지지해주지 못해 회한의 마음이 파도처럼 밀려듭니다.

이번에 나는 당신에 대한 추모의 글을 준비하면서 깨달은 바가 있습니다. 그것은 당신이 가지고 있던 판단력과 순수한 정신, 그리고 희망에 관한 것입니다. 당신은 위의 글에서 이렇게 쓰고 있습니다.

"그럼에도 불구하고 삶은 희망에 관한 것이다. 나는 가정폭력 피해자가 살인 혐의로 실형을 선고받고 법정 구속되는 것을 경험하면서 다시는 변호사로 일하고 싶지 않았다. 그 일이 있은 후 휴식을 취할 기회를 갖게 되었는데 내 인생을 끌고 갈 화두가 무엇인지 골몰하게 되었다. 그것은 '희망'이었다. 사람은 희망이 있을 때 에너지가 생기고 삶에서 희열을 느낄 수 있다. 미시건 법대 홈페이지에서 본 'Devotion fuels hope'라는 말이 내게 강한 충격과 반성을 가져다주었다. 헌신이 희망이라는 열차에 연료를 공급한다. 나는 정작 필요한 헌신은 하지 않은 채 여성인권이라는 희망을 꿈꾸었던 것이 아닌가? 그리하여 휴식하는 동안 좀더 근본적인 헌신을 할 준비를 하자고 생각했다."

당신은 많은 어려움 속에서도 희망과 헌신을 잃지 않고 나아갔을 것입니다. 그렇기에 당신이 떠났어도 그런 정신과 함께 떠나갔을 거라고 생각합니다. 그래서 당신은 갔지만, 우리들에게 희망이라는 유산을 남기고 갔다고 생각합니다.

알고 계신가요? 이런 당신의 이야기를 들으려고, 당신이 대리했던 여성 피해자들에게 어떤 희망을 보았는지 듣고 나누려고 이 '서여리강'을 만들었다는 사실을. 당신은 곧 개최될 강연에서 초대될 연사였습니다. 그런데 이렇게도 빨리 혹은 늦게 '제1회 서여리강'에서 당신을 초대하고 기억하게 되었네요. 여리지만 강한 최일숙 변호사님, 오늘 우리와 함께 우리 후배들과 동문들 속에서 가벼운 홀씨가 되어 날아들어 주세요. 수많은 최일숙의 홀씨들이 이 봄에 이 캠퍼스에서 싹트기를 기원합니다. 당신의 맑은 영혼, 수줍은 미소, 낭랑한 목소리가 떠오를 때마다 우리는 당신을 사무치게 그리워할 것입니다. 그리운 인권변호사 최일숙, 사랑하는 후배 최일숙님, 만물이 소생하는 이 새봄에 우리들 틈에서 다시 미소 지으며 봉긋이 다시 태어나 아픔을 치유하시기를 축원祝願드립니다.

2018년 3월 30일 양현아 배

서여리강이 시작되기 불과 몇 개월 전, 안타깝게 세상을 떠난

故 최일숙 변호사를 추모하는 시간을 첫 번째 서여리강에서 가졌다.

최 변호사는 여성 피해자들을 대리하는 등 많은 공익활동을 하였다.

이에 양현아 교수가 현장에서 낭독했던 추모사를

이 책의 에필로그로 삼는다.

기획 | **서울대 여성연구소**

홍찬숙

서울대 여성연구소 객원연구원. 연구분야는 현대 사회학이론, 특히 위험사회 및 개인화 이론 및 사회변동에 대한 성인지적 연구이다. 단독저서로 『개인화』(2015), 『울리히 벡』(2016), 『울리히 벡 읽기』(2016)가 있고, 그 외 다수의 공동저서가 있다. 『자기만의 신』 등 울리히 벡의 저서를 여러 권 번역했다.

양현아

서울대학교 법학전문대학원 교수. 서울대 여성연구소 소장 및 국가인권위원회 인권위원을 역임하였고, 지역을 이론화하고 설명하는 담론생산의 장을 만들기 위해 노력하고 있다. 연구물로는 『한국 가족법 읽기: 전통, 식민지성, 젠더의 교차로에서』(창비, 2011)와 Law and Society in Korea(Edward Elgar, 2013) 등이 있다.

고윤경

서울대학교 여성학협동과정 석사. 학위논문으로 「탈주와 저항: 한강의 『채식주의자』에 나타난 여성의 '되기'」(2019)를 썼다. 경계를 넘는 다양한 여성 서사들에 관심이 있다.

권오남

서울대학교 수학교육과 교수. 한국수학교육학회 회장을 역임하였고, 2009년 서울대학교 교육상, 2017년 대한수학회 교육상, 2014년 한국수학교육학회 공로상, 2018년 한국수학교육학회 학술상을 수상하였다. 1990년대 중후반 수학에서의 젠더연구에 관한 관심을 국내에서 처음 개척하였고, 현재 서울대 여성연구소 소장으로 재직 중이다.

우리는 바다로 간다

2020년 10월 12일 초판 1쇄 인쇄
2020년 10월 19일 초판 1쇄 펴냄

기획 서울대 여성연구소
편저 양현아 권오남 홍찬숙 고윤경

단행본 총괄 차윤석
편집 석현혜 장윤혁
마케팅 박동명 정하연
경영지원 나연희 이근우 홍다희 장은선
디자인 Kafieldesign

펴낸이 윤철호
펴낸곳 (주)사회평론

등록번호 10-876호(1993년 10월 6일)
전화 02-326-1182
팩스 02-326-1626
주소 서울시 마포구 월드컵북로6길 56 사평빌딩
이메일 editor@sapyoung.com

ISBN 979-11-6273-135-2 (03800)
책값은 뒤표지에 있습니다.